CW00841585

¿Algún romántico en la sala?

Juana Sánchez González

Copyright © 2021 Juana Sánchez González

Todos los derechos reservados.

©Portada: Elisabet Ibañez Ferrer

A mis amigas y a Jane Austen.

EL AZUL NO ES PARA MÍ

Bajo una lluvia inesperada, como lo son todas en agosto, corrió hacia casa. Era la peor forma de terminar aquel domingo insulso. Cuando estaba a punto de llegar al portal, el pie se le enredó con algo.

Era la correa de un perro, pero ni el dueño ni los otros dos compañeros de especie se percataron. Cuando recuperó el equilibrio el paseador de canes sin límite de velocidad, estaba a punto de doblar la esquina.

Enfadada y empapada vio en el suelo algo que brillaba. Le pasó un dedo por encima a modo de parabrisas, pero se volvió a mojar. Tuvo el impulso de correr tras el chico, pero estaba cansada y ya había desaparecido tras la esquina.

Si vivía en el barrio sería fácil devolvérselo.

Cuando Paula amaneció con un ejemplar de Orgullo y Prejuicio sobre la cara, y abrió los ojos, pegó un grito.

Miró al espejo que tenía en la pared y se tapó la boca. Está comprobado que los domingos son el peor día de la semana para realizar experimentos capilares de ese calibre. Y si te vas a la cama con el pelo húmedo el resultado será desastroso.

— ¿Qué me he hecho?

Antes de que pudiera responderse, Raúl entró en escena. Era un gato con sus costumbres y ya era hora de desayunar. No le importaba lo más mínimo que su esclava tuviera el pelo como uno de sus muñecos favoritos. Raúl era un azul ruso, es decir prácticamente pertenecía a la aristocracia gatuna.

De un ligero salto se colocó a su lado. Su porte, elegante contrastaba con su desaliñada esclava.

—Tengo el pelo muy azul y destiñe ¿cómo voy a ir hoy a trabajar? Anoche se veía diferente, ¿verdad? — y mientras lanzaba esas preguntas, cerró los ojos con fuerza.

No. La magia no se produjo y el reflejo le devolvió a una mujer, con el pelo lacio, corto y azulado.

— Pero tú me sigues queriendo— iba mascullando en voz baja mientras se ajustaba las zapatillas.

Miró de reojo un cuadro de Jane Austen y agachó la cabeza a modo de reverencia. Tenía que dejar de hacer eso.

Aquella mañana de lunes, no parecía tener nada de especial. Rutina elevada al cubo. Desayuno con cereales de los que no tienen azúcares añadidos, bebida de soja y un donut que quedó abandonado en un rincón del frigorífico.

—No me mires así— le dijo al gato como si él desaprobara su concepto de alimentación sana.

Paula echó un vistazo a la cocina, y olfateó el ambiente. Aún olía al tinte. ¿A qué vienen esos vídeos en YouTube? La modelo se pone una toalla blanca y al terminar, parece más blanca todavía.

Miró la ropa que había dejado sobre una de las sillas y pudo ver el objeto brillante. Lo cogió y lo miró con curiosidad. Recordó el tropiezo y las ganas que le entraron de llamarle la atención al despistado de los perros.

Tras una buena ducha, y un lavado a conciencia de su cabello con el propósito de que aquello se fuera, cogió unas bailarinas, unos pantalones negros y, para terminar, se colocó una camiseta con un gato con cara de pocos amigos que le regaló su jefa.

Se pintó los labios de color rojo con los ojos entornados porque no quería ver su rostro. Todavía era temprano.

Se ajustó una mochila que tenía desde los 20 años y decidió llevar en la mano el objeto perdido. Ya se le ocurriría algo para devolverlo a su dueño.

—Me voy... —gritó bajito.

Raúl maulló por educación.

Ya en la calle, escuchó un wasap, eso o se le había colado una rana. Qué extraño, hoy iba bien de tiempo no podía ser su jefa y no era día 1 así que su madre tampoco.

A su madre le gustaba saber cómo empezaba el mes. Un día la llamó por casualidad el primero de marzo y así nació la tradición. ¿Lo bueno? Que ya podía tener preparadas las respuestas.

"No tengo novio. Sigo trabajando en la tienda. Mi jefa no me ha insinuado que me vaya a despedir. Comparto piso con el gato y no he terminado el libro."

Las ranas requerían de su atención y aunque pararon unos segundos, volvieron a sonar con insistencia.

Se le dibujó una sonrisa de adolescente tan exagerada que cuando oyó el ruido del autobús pasar a su lado, dio un respingo.

Era su ex.

Carlos vivía y trabajaba en Chile y de vez en cuando se escribían. Miró el reloj. Allí debía ser de noche.

—Buenos días Pau, ¿qué lleva puesto hoy mi chica favorita? Cada vez tardas más en responderme, seguro que tienes a un madrileño besándote el cuello en este momento.

Su ex parecía sacado de una película alemana de esas que ponen en lote los fines de semana, mezclado con Hugh Grant en su personaje de jefe seductor en Bridget Jones.

Habían sido novios hacía diez años y una extraña conexión les unía. Era imposible ser desagradable con él.

Con paso firme comenzó a andar y grabó una nota de voz.

—No soy tu chica favorita, ¿Qué haces despierto? Y has escrito favorita con 'b' a propósito.

Una de las peculiaridades de Paula es que no soportaba las faltas de ortografía. Estudió Filología Hispánica, pero esa filia ya le acompañaba desde adolescente.

Si el hombre más atractivo del planeta se le insinuara, pero al enviarle un mensaje le escribiera con una falta de ortografía grave, rompería con él.

Carlos escribió ja unas diez veces y añadió que pensaba en ella. Que iba a romper con su novia, dejar el trabajo y volver a España sólo para hacer el amor durante todo un día.

Tras semejante declaración de intenciones, declaración que se sabía de memoria y que cada cierto tiempo le soltaba, no pudo evitar poner de nuevo esa sonrisa de admiradora de Colin Firth, aunque su particular Mr. Darcy sólo pensaba en sexo y le daba igual la hora que fuera en España.

— ¿Sabes que he leído un artículo en el que aseguran que una pareja tiene futuro si comienza teniendo relaciones sexuales? — le escribió él.

Le dio varias veces al botón de grabar porque se le resbalaba hasta que acertó a decir:

—Me parece muy interesante, también lo leí, pero se te escapa un pequeño detalle: vives en otro continente, déjame en paz Carlos, voy hacia el trabajo.

—No me has contestado, qué llevas puesto...

Observó al gato castigado y le entró la risa.

—Un vestido negro y unas sandalias con tacón. Labios rojos, por supuesto.

—Envíame una foto mujer cruel.

Al ver su reflejo en un escaparate se echó a reír.

—Esta noche hablamos— contestó, y apagó el móvil.

Aquello tenía que acabar. Pero era superior a sus fuerzas. Su no relación con Carlos era igual a cuando críticas a un desconocido porque no recicla o no cede el asiento a una persona mayor en el metro, y tú lo haces el día que estás cansada y te importa un bledo el resto del mundo.

Para evitar el sentimiento de culpabilidad que empezaba a inundar su pecho, se ofreció a ayudar a cruzar un paso de cebra a una señora que llevaba un carro, un perrito y muchos años encima, mientras los coches parecían querer salir a 100 km/hora en cuanto el semáforo se pusiera en verde.

La señora se lo agradeció y ella se sintió mejor. Eso sí, tuvo que deshacer el camino porque la tienda estaba al otro lado de esa calle. Mientras realizó ese pequeño trayecto le pareció ver a un chico con tres perros.

Se fijó en él porque tenía el pelo rubio, muy rubio. ¿El chico con el que tropezó? Se giró y no vio nada. Imaginaciones suyas. ¿Cuántos hombres en Madrid pasean a sus mascotas temprano?

Cuando llegó a la tienda aún estaba cerrada y a Rosa, su jefa, se le había olvidado darle la copia de las llaves el viernes. Había poca gente por la calle.

Eso en la ciudad era un fenómeno paranormal. Pero al ser julio y finales de mes resultaba comprensible, además, el asfalto quemaba sólo a las pringadas que, como ella, trabajaban en verano.

Miró sus pies y se dio cuenta de que sus uñas también eran azules. A juego con el pelo, menos mal.

Contempló en el escaparate los nuevos servicios que ofrecía la tienda. Rosa había colgado una foto de un perro con unas botas de agua fucsia.

Sin darse cuenta, llevaba dos años trabajando allí, atendiendo a perros y gatos que vivían mejor que ella. Disponían de spa, una peluquería y un hotel, del que se hacía cargo en agosto, la sobrina de Rosa, afortunadamente.

Pasó diez minutos apoyada en la pared. Sabía que tarde o temprano retomaría las oposiciones para ser una profesora respetable y abandonaría la loca idea de escribir un libro.

Gracias a los perretes tenía la nevera llena y podía pagar el alquiler.

Su sueño era sencillo, convertirse en la nueva Jane Austen, pero con libros donde la sociedad no perdía el tiempo en saludos, nadie tenía dinero, y el sexo ganaba por goleada al amor romántico. No sabía cuándo se había vuelto tan escéptica.

Suspiró y volvió a mirar las botas del perro.

La rana empezó a croar, pero esta vez era Marta, su mejor amiga. ¿Su única amiga?

En el mensaje ponía un escueto: "Te llamo", porque a Marta no le gustaba escribir. Dicho y hecho.

Comenzó a sonar Perfect de Ed Sheeran. Esa canción le fascinaba así que la dejó unos segundos más.

— ¿Sí? — preguntó.

— ¿Cómo que sí? —dijo al otro lado una voz demasiado aguda

—He dejado que sonara la canción, lo siento. Buenos días, princesa

—Menos broma que hoy no tengo un buen día.

—Pero si acaba de empezar, mujer —y se cogió un mechón del flequillo, para comprobar si el lavado había surtido efecto.

—Es el niño, me tiene de los nervios.

— ¿Qué le pasa? ¿Está malito?

— ¡Hablo de Antonio, mi marido! —y pronunció marido como si fuera la presidenta de un país ficticio y Antonio su nombre.

—Perdona, tú y tu manía de llamarle niño, he pensado en Marcos.

—Marcos está bien. Paula, creo que Antonio me engaña con alguna de la oficina. Rompió a llorar.

Por la cabeza de Paula pasaron miles de tragedias que estaban sucediendo en el mundo justo en ese momento, en esa hora, en ese instante en el que su amiga, con el marido más fiel del planeta Tierra, creía ser la persona más desgraciada.

Pero era su deber consolarla, aunque a veces le pareciera más superficial que un desfile de moda, lleno de modelos como público.

— ¿En qué te basas? Por cierto, estoy a punto de entrar al trabajo.

Al otro lado sólo pudo escuchar un sollozo similar al de la Marta que había conocido en el colegio y que lloraba por todo, hasta cuando sacaba buenas notas.

—Hoy se ha puesto mi camisa preferida, demasiada colonia y se ha hecho un tupé. Un tupé de esos que llevan los jovencitos ahora.

Paula se tapó la boca para que no oyera su risa.

—Marta... —dijo con dulzura — Antonio es joven, no tiene 80 años, de hecho, si los tuviera, tendría derecho a hacerse un tupé. ¿Te fijas en la ropa que se pone?

—Mis pies empiezan a desaparecer bajo mi barriga y Marcos desde que sabe que va a tener un hermano se empeña en dormir con nosotros para contarle cuentos a su hermanita, porque se ha emperrado en que será niña. Ya no soy una mujer, soy una mamá. Y volvió a llorar como si fuera un chihuahua pequeño y adorable.

19

Mientras ella protagonizaba su personal tragedia griega, desde el otro lado de la calle, una mujer con luz propia, levantó la mano con energía y saludó, era Rosa.

—Te tengo que dejar. No llores más. O bueno sí, llora que así te desahogas y liberas endorfinas. Rosa está aquí y ya no puedo hablar. Antonio te quiere, eres sexy y las embarazadas dais mucho morbo, te quiero.

Mientras esperaba que el semáforo para peatones se pusiera en verde, su jefa, un símil de actriz sacada de la serie Sexo en Nueva York, pero inteligente, se exhibía frente a los conductores. Nunca encontró un personaje de Austen en el que ella encajara.

Rosa era una mujer que había cumplido 50 años, pero su mentalidad y ese cuerpo esculpido atraía la mirada de hombres, mujeres y cualquier ser vivo que se le cruzara.

A medida que se iba acercando, su sonrisa se hacía más amplia.

—Buenos días ¿Has dormido con diez pitufos y desteñían? — su voz era grave lo cual le hacía aún más atractiva. Tenía un don, el de meterse con Paula, pero sin hacerle sentir mal.

Le pasó un brazo por los hombros y la persiana comenzó a subir.

Con el ruidito de fondo, no dijo nada más. Cosa que Paula agradeció. Y ambas miraron en silencio cómo ascendía aquello como si formara parte de un ritual sagrado.

Mientras encendía luces y arreglaba por arreglar lo que estaba perfectamente ordenado, preguntó con voz cantarina:

— ¿Quién tuvo una noche de sexo desenfrenado el sábado?

—Tú – respondió Paula con una mueca divertida

— ¡Premio!

—Rosa, por favor, no me cuentes detalles, sabes que no me gustan. —

¡Por eso te los cuento! Para ver si aprendes algo, tú y tu gato... Qué vida es

ésa. ¿Cómo se llama? ¿Raúl? Te tengo dicho que a los animalitos no se les

pone nombre de persona. A lo que iba. Quedé con Matías por fin. Era más

alto de lo que dijo. Practicamos el alemán.

—Rosa, por favor, por favor— pidió sin suerte Paula mientras encendía el

ordenador.

—Te lo digo en serio, mujer de poca fe. Sabes que estudié alemán y

durante la cena me refrescó la memoria. Es ingeniero. Culto y cariñoso.

Todo un caballero.

—Y...., —musitó Paula mientras abría uno de los correos y esperaba lo

peor.

— ¡Y un dios en la cama! Apasionado, generoso, dulce, me dio un masaje.

¿Tú sabes lo que cuesta encontrar un hombre que sepa dar un masaje? Y

después me dijo que se iba a Berlín durante dos meses.

Ahí radicaba el encanto de Rosa. Le daba exactamente igual si no lo volvía a ver. Y por supuesto no le enviaría mensajes ni lo llamaría. No por hacerse la dura, sino porque era su personalidad. Nunca se había casado ni tenía hijos. Vivía con su perro y... Vivía.

—Tenemos correos con más reservas para agosto— anunció Paula como si hubiera oído llover, aunque en el fondo le encantaba la actitud de su jefa.

Sintió las manos de Rosa en sus hombros y su barbilla sobre su cabeza:

—Te queda bien el color azul, pero llevas la blusa al revés. Eres un encanto Paula, yo no sé qué haces aquí conmigo en vez de escribir el mejor libro del mundo.

Rosa tenía un concepto sobre escribir entrañable. Pensaba que era sencillo, porque para ella todo era cuestión de proponérselo. Como el tener pareja, abrir su propio negocio o ir sola de vacaciones a Egipto.

No pudieron seguir hablando porque entró una clienta con un precioso caniche que necesitaba un buen corte de pelo.

Rosa, muy amable, le invitó a que se sentara y esperara "cinco minutos", más tiempo del que iba a tardar en llamar por teléfono a la encargada de cambiar el look a los animalitos, que como siempre llegaba tarde.

Noelia, una aspirante a veterinaria de 20 años que probablemente arrastraba el sueño del sábado por haber salido de marcha.

Paula había olvidado la última vez que salió a tomar una copa o a bailar. Llevaba un año largo donde la excusa "voy justa de dinero" le servía para no socializar.

¿La razón? Se había cansado de hacer siempre lo mismo.

Cuando rompió con su último novio retomó esas salidas, todo permanecía igual sólo que algunos de esos amigos de los sábados estaban recién divorciados y los que antes tardaban una hora en saludarte ahora se lanzaban hacia ti como si fueras un panal de rica miel. Entre las mujeres sucedía lo mismo.

DEMASIADO JOVEN, DEMASIADO MAYOR

Lolo era demasiado mayor para tener ese nombre y demasiado joven para que le llamaran por el auténtico.

Hacía media hora que sonó el despertador, un himno, Motorcycle Emptiness de Manic Street Preachers, grupo al que quiere, canción que respeta y con la que ha rasgado la guitarra invisible que todos sabemos tocar; pero seguía en la cama.

Los pies, cuando se estiraba mucho le colgaban fuera, pero no le apetecía invertir en una cama más grande.

Miró su barriga. ¿Dónde estarían sus abdominales? Era sencillo, debajo de las hamburguesas de las que se alimentaba desde hacía un año.

Su habitación parecía la de un adolescente, decorada con varios posters de los mejores dibujantes de manga.
Conseguir cada uno le había llevado tiempo y dinero como a la Baronesa Tayssen su colección de cuadros. La canción seguía sonando, el tema criticaba el consumismo, pero él era un consumista idiota, no lo podía evitar.

A su derecha, se apreciaba una colección de peluches de su anime favorito: Doraemon, el gato cósmico. Un clásico. Los puristas en literatura exhibirían El Quijote, Ulises, Crimen y Castigo, pero él adoraba a ese gato y a su bolsillo mágico.

Don Quijote luchaba contra los molinos, Doraemon contra las inseguridades del protagonista, un niño llamado Nobita, torpe, holgazán y llorica.

Le entraron unas ganas tremendas de ver algún capítulo, pero se dijo que no rotundamente. Tenía que trabajar. Le esperaban varios exámenes por corregir.

El mundo habrá cambiado mucho, pero a la mayoría de los chavales no les gustan las matemáticas y él era su particular profe-héroe que, durante el verano, les aseguraba que acabarían enamorándose de ellas.

Un idealista.

Lolo se plantó frente a un espejo que le regaló su madre, no sabía con qué intención, la verdad. ¿Quién te regala un espejo de cuerpo entero por tu cumpleaños?

Lo tenía en una esquina cubierto con una sábana, pero aquella mañana reunió valor y tras 'desnudar' a ese maldito vio lo que no quería.

Un tipo de 1,90 con cara de bueno y algo de sobrepeso. El pelo lo tenía alborotado y parecía una peluca de zanahorias despeinada. Tras un flequillo importante asomaban unos ojos de color castaño.

—Apenas hay pelirrojos en el mundo, he aquí un afortunado, dicho lo cual se dio una palmada en la tripa, que sonó como un tambor.

Cuando pasó por delante de la estantería cogió al gato cósmico más grande y lo miró con dulzura.

Fue el último regalo por San Valentín de Paula. El amor de su vida. La única mujer que le había acompañado a todos los salones de manga del país.

La única mujer que sabía que era de padre escocés y que su verdadero nombre es Hugh, pero que no se parece al actor británico en nada. Ni físicamente ni a los personajes que interpreta. Él es un bonachón, si acaso sería Edward Ferrars en Sentido y Sensibilidad. No hablaba por no pecar.

Ella lo llamaba *mi particular Ed* y eso le volvía loco.

Las rupturas son extrañas. A veces, dolorosas. Así se sentía él. Dolido. Pero quiso que al dejarlo siguieran siendo amigos y ella, tan encantadora, aceptó. Y al vivir cerca, raro era el día en que no tomaban un café o acababan juntos en la cama.

Su amigo Luis le decía siempre lo mismo:

—Juega contigo, eres su peluche pelirrojo, das pena tío.

Él era consciente de que podía parecer que sólo lo quería para contarle sus penas o para tener sexo esporádico, pero entre ellos había algo más. Una amistad especial. Un ... ¡Luis tenía razón! Pero le importaba poco ¿quién no quiere acariciar a la mujer que ama?

Con tal de estar al lado de ella, era capaz de hacer el 'sacrificio', o de escuchar sus historias surrealistas en la tienda.

Una vez duchado, desayunado por dos veces, y delante de un portátil lleno de pegatinas de personajes que sólo un entendido conocería, leyó un periódico.

Sus padres le trajeron a España cuando era un niño de 8 años, pero le preocupaba su situación. Porque últimamente había tenido que resolver algunos papeles y se sentía más extranjero que nunca.

Cogió el móvil y pensó en saludar a Paula, pero sabía que ya estaría trabajando y a él (al contrario del ex pervertido) no le gustaba molestar. Lo haría después y le enviaría un vídeo con una canción romántica.

—Idiota — y con un Shin Chan que tenía sobre el escritorio, jugó a que éste le insultaba.

Riendo echó mano de unas chocolatinas para hacer más amena la jornada de trabajo.

MARTA NACIÓ DE PIE

Marta era una de esas mujeres que nacen de pie, un día en el que los planetas se alinean y la genética, la inteligencia y la felicidad se transforman como esos superhéroes nipones que pegan un salto y todo a su alrededor se torna de colores hasta que, tras la enésima vuelta, parecen familiares directos de un unicornio.

Sólo que en su caso todo era de colores pastel los 365 días del año. ¡Como el vídeo ME!   de Taylor Swift

Preparó una infusión de rooibos. De fondo, Madonna. Le gustaba de adolescente y le era fiel. Antonio le sugería que oyera sus canciones en Spotify, pero ella prefería su colección de cd's.

Algunas personas presumen de obras de arte contemporáneo, ella de las portadas de los trabajos de su cantante, de la reina del pop. La ambición rubia.

Era hija única y ese hecho en su caso significó tener todos los privilegios y caprichos que una niña puede desear.

Los mejores juguetes, viajes con sus padres por todo el mundo. En su adolescencia, ser de las primeras en tener moto, después el coche. Carrera universitaria pagada. Y no rogar jamás por un vestido que le gustara. Por supuesto, ver a Madonna en concierto fue su primer sueño cumplido.

Pasar un año sabático para reflexionar sobre qué estudiaría entraba en el lote. Aquel viaje fue como unas vacaciones desde el día que se fue hasta cuando regresó.

Paula tuvo la fortuna de pasar unos días con ella, en su caso no había padres que se pudieran permitir que la nena durante un año pensara, podía pensar en casa, en la biblioteca del barrio o como mucho en casa de los abuelos.

Sí, daban ganas de tirarle de las orejas, pero ella no tenía la culpa. Era una pija buena. De esas que cuando salía de compras regalaba algo a su acompañante porque se sentía culpable.

Ahora, a sus 38 años tenía una vida perfecta, al menos de cara a la galería. Esa galería que ella se empeñaba en crear. Se esforzaba por mantenerse en su peso, pagando a un entrenador personal que venía a casa. "Se suda en privado".

Su casa la decoró uno de los mejores expertos en interiorismo de Madrid. Le gustaba seguir a las famosas en Instagram, pero no se lo decía a Paula porque sabía que, aunque eran amigas desde niñas, también eran diferentes como la noche y el día.

Desde que estaba embarazada ya no llamaba a Aitor (su entrenador) y le dio por comer chocolatinas y tragarse todos los programas del corazón que no había visto en su vida.

El problema era que no tenía con quién hablar del tema y a veces, a su hijo Marcos le contaba algún desencuentro que había presenciado entre una famosa con una periodista.

Lo hacía en voz baja, porque si Antonio la oyera se moriría de risa o quizás le llamaría la atención por compartir semejantes chismes con su hijo.

Marta creía que este embarazo la estaba volviendo loca. Y ahí es donde aparecieron los celos. Siempre se había sentido segura de sí misma. Por ejemplo, cuando conoció a Antonio, sabía que se casaría con él.

¿Quién no querría? Era una mujer atractiva, con una melena que parecía sacada de un anuncio de ese champú que cada cinco años promociona la famosa de turno. Tenía buena conversación y era una buena esposa.

Quería a Antonio con todo su corazón le había apoyado en su carrera profesional y no le gustaban las discusiones absurdas, por lo que su estado actual le resultaba tan ajeno que no sabía cómo gestionarlo.

Quizás era un poco tradicional en asuntos sexuales, y eso le preocupaba un poco cuando oía las historias de Paula.

Desde que se había quedado embarazada pensaba que Antonio se fijaba en las chicas de 20 años que habían entrado a su empresa de prácticas.

Mientras saboreaba la infusión en su idílica cocina, donde daba la sensación de que nadie había hecho de comer jamás, suspiró y encendió la televisión.

— Esta tarde, oiremos las primeras declaraciones de Irene tras enterarse de que su novio ha sido pillado con otra este fin de semana, en una discoteca de moda en Mallorca.

La voz provenía de un periodista ataviado con un pantalón rojo, camisa blanca y una sonrisa que brillaba tanto que parecía un foco. Sus ojos enormes y saltones como los de una rana parecía que iban a salir de sus órbitas y atravesar la pantalla. ¡Como si estuviera dando la noticia de la llegada del hombre a la Luna!

Marta corrió a mirarse al espejo del baño. No le pasaba nada raro. Pelo perfecto, sonrisa ídem, aunque le brillaba menos que al presentador y una pequeña barriguita como única pista de que esperaba un bebé. Pero ella, vestida con un pantalón gris y camiseta del mismo color comenzó a llorar por enésima vez ese día.

Marcos estaba con sus padres y Antonio en el trabajo y ella ahí, en casa. Sin hacer nada productivo.

Viendo a escondidas programas que antes criticaba. No le llenaba revisar el Instagram de su modelo favorita y copiar alguno de sus looks, sólo pensaba en su 'niño' cayendo en las redes de una veinteañera descarada con ganas de montárselo con un madurito.

Definitivamente, se había vuelto loca, porque Antonio no era así. Nació para ser un hombre casado y entregado a la familia, pero no podía evitar ser guapo.

Aunque las hormonas de Marta habían decidido que ahora se había convertido en uno de esos guaperas que ve por televisión que andan con unas y otras. Tenía que salvar su matrimonio, fuera como fuera.

De repente, entre lágrima y lágrima, tuvo una idea. ¿Y si le enviaba una foto subida de tono? Le sorprendería. Sobre todo, porque no lo había hecho jamás.

Era una mujer joven y reprimida en muchos aspectos. No le importaba mostrar en Instagram el último bañador que se había comprado y tenía pavor a la intimidad más profunda, la que va de la mano de lo sensual e incluso de lo divertido.

Compró 50 sombras de Grey y lo leyó a escondidas. Como cuando eres un niño y comes algún dulce de navidad en febrero. Algunos pasajes de la trama le sorprendieron tanto que casi lo tira a la basura. Paula la hubiera matado.

Sí, debía mandar una foto a Antonio.

EL CHICO DEL ANUNCIO

Antonio era de esos hombres que parece sacado de un anuncio de colonia con los que nos machacan en el día del padre. Su atractivo o su físico para él no tenía mérito alguno. Sus padres son guapos, sus abuelos lo eran y así hasta el infinito.

Sin embargo, él no se daba ni cuenta de esas miradas furtivas de mujeres y de hombres que levantaban la vista cuando iba al supermercado, o entraba a la oficina.

Moreno de ojos azules parecía el sueño de cualquier responsable de casting de una película romántica.

Precisamente, ese andar despistado por la vida, aún le hacía más irresistible.

Un día, una compañera de trabajo le dijo en el ascensor que, al ser viernes, debía estar agotado y le insinuó que daba unos masajes increíbles tras tomar una copa de vino.

La respuesta de Antonio fue la siguiente:

— ¿Puedes creer que no he bebido vino en la vida?

No, lo que su compañera aspirante a Mata Hari no pudo creer fue que le diera esa respuesta. Le dolió más que si la hubiera rechazado. ¡Era invisible para él! Iba a matar primero al profesor de Pilates y después a quien le hacía esos retoques en el rostro que siempre terminaban con un: "A comerte el mundo, estás irresistible".

Y como esa anécdota, Antonio tenía un millón. A él se le acercaban todas las mujeres seguras de sí mismas, seguras de que por su físico imponente podían tentar a cualquier hombre.

Y a él le gustaba estar casado. Se enamoró de Marta en cuanto la vio. Y cuando se casaron, lloró. Estaba realmente enamorado de aquella mujer.

Claro que sabía que era un tanto pija, pero con un gran corazón.

Andaba muy ilusionado con la idea de volver a ser padre, y le excitaba ver a Marta con esos pechos tan voluptuosos. Sí que apreciaba cierto nerviosismo en su mujer, pero era comprensible, llevaba una vida en su interior.

Lo que no entendía era que hubiera dejado de trabajar porque a ella le apasionaba ir al despacho de su padre a diario. Es una gran abogada y él está muy orgulloso.

Antonio trabajaba como administrador de sistemas y siempre tenía que andar dando explicaciones sobre su labor, así que lo resumía diciendo que era informático. Adoraba su trabajo y el ambiente de su empresa.

Hoy le esperaba un día emocionante porque estaba inmerso en un nuevo proyecto. El teléfono móvil lo llevaba siempre en el bolsillo del pantalón y acababa de vibrar.

Lo miró. Era un wasap de Marta.

"Vete al baño, por favor. Ahora te llegará una sorpresa".

Se le dibujó una sonrisa tan grande que casi le hace reír. Miró a su alrededor y ese modelo de anuncio que no era consciente de que sus compañeras le 'acompañaban' durante el corto trayecto hasta el baño, miró intrigado de nuevo el móvil.

— Ya he llegado, dijo en voz baja mientas lo escribía— como si ella pudiera oírle.

En ese instante empezó a cargarse una fotografía.

Ahí estaba su mujer, sobre su cama, completamente desnuda tumbada boca abajo. Se había puesto un antifaz de color rojo y él se quedó en blanco.

En ese momento, como la consideraba la mujer más sexy del planeta no pudo hacer otra cosa que encerrarse en uno de los baños.

Mientras él daba rienda suelta a la excitación que le había supuesto semejante regalo matutino, ella le envió unos diez mensajes preguntando qué hacía.

TRES PERROS Y UN CHICO TRISTE

Peter vivía con sus tres perros. Pronto cumplirá 33 años, pero tenía la mentalidad de un señor de 70. No salía de fiesta. Tenía pocos amigos. Le gustaba devorar documentales sobre la NASA y se pasaba el día trabajando.

Era animador sociocultural para personas mayores en una residencia. Se sentía bien en ese ambiente. Por alguna razón nunca se había entendido con la gente de su edad.

En menos de tres años había perdido a sus padres y consideraba que todos los seres humanos eran un estorbo.

Lo único que le mantenía conectado con el mundo eran sus perros y la música. La música le acompañó siendo adolescente y descerebrado y ahora le servía como terapia para no mandar a la porra su existencia.

Salía de casa a diario con sus auriculares de diadema ochenteros y un discman. Como si se hubiera escapado de aquella serie que le gustaba tanto a su madre, donde una mujer viaja a Escocia hasta 1743, Outlander. A él sí le gustaría viajar en el tiempo, porque este siglo XXI le aburría.

Detestaba las redes sociales y miraba con desprecio a todo aquel que caminaba por la calle mirando al móvil en vez de al frente. En ocasiones tenía pensamientos malvados en los que imaginaba que más de uno se estampaba contra una farola.

Su mejor amigo era el abuelo de Antonio, un hombre de 80 años muy divertido que le contaba historias picantes. Le gustaba meterse con él y con su acento.

Peter nació en Londres y sus padres, como muchos ingleses salieron huyendo del Reino Unido por el clima en cuanto se jubilaron, algo lógico porque las vacaciones las pasaban en España desde que él recordaba.

Él les siguió siendo muy joven y tras pasar unos años dando disgustos a su madre, ahora era un tipo calmado. Sosegado sería la palabra.

Tras fallecer sus padres, cogió sus pocas pertenencias, abandonó aquella ciudad costera y se fue a la capital a probar suerte. A empezar de cero. Le dolía el alma y fue como si de repente hubiera cumplido 60 años.

Perder a tus padres tan joven te hace madurar a la velocidad de la luz.

Era perezoso para ligar. No le gustaban las mujeres que ponían morritos en las fotos y pensaba que moriría solo.

Rubio de ojos azules, medía 1,79 y llevaba tatuado un pequeño Shin Chan en el hombro porque una de las pocas noches que salió por Madrid, se emborrachó y sus amigos le incitaron a tatuarse uno. Ahorraba para quitárselo.

Pensaba que era el tipo más feo del planeta por su piel lechosa y un montón de pecas que llenaban su cuerpo. Era la mejor excusa para sabotear cualquier intento de cita a ciegas que le quisieran organizar.

Cuando llegaba el fin de semana era feliz en casa con sus perros y creía que era un lujo haber encontrado un ático a tan buen precio. No necesitaba nada más.

A veces, añoraba que le abrazaran, pero se crio sin ello, así que pensaba que eran tonterías y se iba a algún parque con los animales a cansarlos, o tal vez a cansarse él.

Echaba de menos a sus padres, pero si algo le hacía sentir paz era pensar que fueron ellos quienes le dieron el mejor consejo: que escogiera una profesión donde no sintiera que trabajaba.

En esa cuestión sí fue un buen hijo. Porque trabajar con personas mayores era su mayor satisfacción.

A veces, dejaba pasar las horas o bien sentado en un banco o dando paseos junto a los perros. Observaba a algunas parejas y fantaseaba con cómo sería su relación al llegar a casa.

Imaginaba tramas donde el hombre era sometido a los caprichos de la mujer o viceversa. Él no podía ver los programas o series que le gustaban, y debía acompañarla de compras. Ah y practicaban sexo una vez al mes. Su mente era retorcida e injusta.

En ese aspecto él no tenía problemas, estaba muerto. Ni una sola mujer le hacía sentir deseos de besarla o abrazarla.

Es cierto que en la residencia había una enfermera muy simpática, una chica con una sonrisa perenne en el rostro que no le quitaba ojo, pero él sabía que la haría infeliz.

La última vez que estuvo con una mujer fue cuando una chica japonesa vino a vivir a su edificio.

Fumiko había venido a Madrid porque le gustaba la cultura española y con esa excusa les había vendido a sus padres que debía recorrer el país durante un año antes de terminar su carrera. Se instaló en su edificio sola y el primer día le tocó a la puerta sobre las cinco de la tarde.

—Buenas tardes, me llamo Fumiko y voy a ser tu nueva vecina. Encantada de conocerte.

Peter le sonrió y le ofreció la mano, entonces, ella se rio y le apretó tan fuerte que le hizo daño.

Él estaba enfadado con la vida, pero aquella chica le parecía además de exótica, dulce. Y como coincidían en los horarios (ella asistía a unas clases en la universidad) debían charlar en el trayecto del ascensor

A los quince días de ser vecinos, notaba que ella le miraba de una manera intensa y él volvió a sentir que estaba vivo porque sólo oler su perfume le causaba una enorme excitación que le duraba hasta la noche.

Llevaba dos días en los que no había mucha charla en su 'viaje' hasta la primera planta, sólo miradas.

Fumiko era tan bella como su nombre. Ya se encargó él de buscar su significado: Chica de gran belleza, bendecida por la fortuna.

Aunque el afortunado era él. Sólo con contemplarla ya se daba por satisfecho.

— ¿Quieres cenar conmigo hoy? Te espero en mi casa sobre las nueve. Hasta la noche.

Y así, con esa propuesta atropellada con un acento tan hermoso como su pelo largo y negro desapareció. Él miró cómo huía sin esperar su respuesta y se pasó todo el día pensando qué debía hacer.

Como aquella chica le había sacado de su zona de confort se le notaba tanto que Matías le dio una palmada en la espalda que no esperaba haciéndole pegar un salto.

— ¿Qué le pasa al inglés más guapo del lugar? — murmuró el hombre mientras lo miraba sonriente.

El desanimado Peter era el encargado de animar con sus actividades a aquellas personas que estaban allí, algunos por voluntad propia como Matías que entraba y salía como si viviera en un hotel y tenía más energía que él.

Peter se limitó a negar con la cabeza.

— ¡Me cago en la leche, el rubio ha ligado! ¿Cómo no le cuentas estas cosas a tu mejor amigo?

El pálido rostro de Peter se cubrió de un color rojo cangrejo que hizo reír al hombre. Así que lo cogió por el brazo y se fueron a una sala donde no solía haber mucha gente a esas horas.

Se sentaron en un cómodo sofá y su octogenario amigo le hizo un gesto con la barbilla, invitándole a hablar.

—O me dices qué te pasa, o te cuento qué hice ayer con la señora Remedios.

Peter estalló en una carcajada y le contó la situación con su vecina.

—La 'fumigo' te tiene preocupado..., jóvenes, jóvenes. ¿No te he contado cuando salí con una china que era insaciable en la cama? Dulce como la miel durante el día y pura pimienta por la noche— la cara de Matías se iluminó.

—Es japonesa. Y hace tiempo que no estoy con una mujer, ese es el problema.

La cara de Matías se transformó como si hubiera bajado un extraterrestre y le estuviera hablando en un idioma desconocido.

— ¡Le gustas! ¡Te ha invitado a cenar! ¿Qué más quieres? ¿Qué te dé lecciones?

Peter le interrumpió y le pidió que bajara la voz.

—Voy a ir, pero estoy nervioso. Es normal, ¿no?

Y ahí acabó la conversación. No quería que todo el mundo se enterara de su sequía en ese terreno y de lo torpe que se había vuelto en cuestiones amatorias.

Aquella tarde, cuando se dirigía a casa, estaba tan excitado, contento y extraño que, al llegar, sus perros tuvieron que acercarse plato en boca para recordarle que debían cenar.

Miró el reloj, sólo eran las siete y media. No se oía nada en el piso de abajo, ella no había llegado todavía.

Se dio una ducha larga, y pensó que desde el día anterior tenía más pecas. Puso algo de música, ni sabía qué sonaba, le dio al play a una de sus listas de Spotify y se probó cuatro camisas. Al final eligió una azul y un pantalón blanco de lino, iba cómodo.

Peter era más guapo de lo que él creía. Y si Fumiko le parecía exótica, el mismo efecto causaba él en la chica. Su cabello y sus ojos azules le habían conquistado desde el primer día que fue a saludarlo.

Se sintió atraída por esa cara pálida y esa mirada triste por eso decidió que no podía abandonar Madrid sin invitarle a cenar.

A las nueve menos cuarto, tocó el timbre. Había cogido una botella de vino. No tenía ni idea de si le gustaba, pero no se le ocurrió otra cosa. En su época de Casanova, a las chicas se las invitaba a cosas menos sofisticadas en el pub o en la discoteca.

No tardó mucho en abrirse la puerta y ahí estaba ella. Menuda, con cuerpo de muñeca, un kimono y vaqueros cortos junto a una camiseta blanca. La combinación le pareció explosiva. Había visto a muchas chicas llevarlo porque estaba de moda, pero a ella le sentaba como un guante.

— ¿Todo bien en el trabajo?, le preguntó mirándole a los ojos fijamente e invitándole a acomodarse en el sofá.
—Sí, musitó él.
— ¿Trabajas con personas mayores, ¿verdad?   — preguntó ella con la sonrisa más encantadora que hubiera visto.
—Sí...

Y esa fue toda la conversación. El kimono, la camisa azul, el pantalón, y la botella de vino pasaron a un segundo plano. No había hambre ni sed. Pero sí una atracción tan fuerte que hicieron el amor toda la noche. Primero en el suelo, luego él la tomó en brazos y la besó por cada centímetro de su cuerpo en su gigante cama, donde había espacio para probar todas las posturas existentes y otras que inventaron aquella noche.

Así transcurrieron los meses que Fumiko vivió en su edificio. Cuando él llegaba de trabajar, iba a su casa y tras una breve charla, acababan teniendo el mejor sexo que él recordara.

El día que ella se marchó, lloró todo un día. Pero no se permitió llorar más. Sabía que aquello tenía una fecha de caducidad.

LA VIDA SOCIAL DE UNA ANTISOCIAL

Paula y Marta habían quedado para tomar algo, Rosa se les unió. A Marta esa mujer le ponía nerviosa sin embargo le caía bien.

Aunque septiembre había comenzado, hacía tanto calor que las tres pidieron un granizado de fruta.

Cuando varias mujeres quedan y no son amigas desde siempre, cuesta romper el hielo, al menos a Marta le sucedía, pero Rosa no tenía problema alguno y comenzó a hablar en un tono desenfadado y demasiado literal.

—Estás guapísima Marta, ¿sabes que las mujeres embarazadas resultan muy sexys a los hombres? Tu marido debería estar preocupado.

Marta la miró con asombro, pero asintió. ¿Sexy? Ella se sentía como un pez globo todo el tiempo.

—Está preocupada por su marido —dijo Paula con voz de niña
mala

Si aquella escena hubiera formado parte de una película de acción, Marta habría fulminado con la mirada a su hasta ahora mejor amiga y la habría roto en mil pedacitos.

—Noooo, —y Rosa cruzó sus largas piernas mientras tomaba un sorbito de su granizado de frutas tropicales.

—Cree que le es infiel, como se siente fea..., — insistió Paula con cara de malvada guiñando un ojo.

— ¡Paula! — Y hasta Marta se asustó del grito que dio.

— No es exactamente así, es sólo que me siento algo insegura. Creo que es cosa de las hormonas, y de que no trabajo, pienso demasiado, — y mientras hablaba miraba a su granizado como si estuviera leyendo los posos de un café.

— A ver, yo no te conozco tan bien como ella. Pero te entiendo. Tampoco he sido madre nunca..., — carraspeó para encontrar un mejor argumento— Pero opino que obsesionarse con esos temas no es sano. A los hombres les gustan las mujeres seguras de sí mismas. Todo son imaginaciones —hizo una pausa dramática— ¿O tienes motivos para pensar que te está siendo infiel?

— No, pero...

— No te dejo ni terminar, si no hay pruebas no me vale, —y así dejando a la embarazada celosa y con la boca abierta se dirigió a su empleada azulada.

— ¿Y tú qué?
— Yo... ¿Has visto que esta vez me ha cogido mejor el color? Me gusta cómo se ve al sol. — y giró el mechón como si fuera un periscopio en busca de un rayo.

Rosa la miró como si tuviera delante a una hermana pequeña.

Había pasado el verano, ella volvió a ver a Matías el alemán de los masajes, se fue quince días a Italia y aquella chica, a la que no le importaba hacer más horas que un reloj en su tienda, parecía una de esas señoras que deciden que salir a comprar el pan e ir al supermercado, son grandes aventuras. Ah y teñirse de azul el pelo.

— ¿Qué has hecho además de acostarte con tu ex? Por la tienda ni pregunto, ya sé que funciona de maravilla. ¡Tienes menos vida social que mi abuela! Rectifico. Mi abuela es un cañón de mujer. Da igual, no tienes vida social. ¿Te parece bonito?

— Yo también se lo digo muchas veces —dijo en voz baja Marta.

Paula las miró desafiante. Casualidades de la vida se habían dado para que quedara con Lolo y una cosa llevó a la otra. Que si te acuerdas de cuando fuimos juntos a aquella playa, que si me encantaba que me tocaras el pelo y acabaron haciéndolo sobre un montón de peluches.

Y para poner más pimienta al asunto, al llegar a casa, su ex pervertido le había dejado unos cuantos mensajes y ambos tuvieron el mejor sexo de la historia a través de Skype.

Pero claro, aquello no iba a contárselo a ninguna de las dos.

—Con vida social qué queréis decir, ¿que salga a tomarme unas copas? ¿Al cine? Me encanta ver series en casa y tengo que estudiar, ya lo sabéis, y las miró con cara angelical. ¡Ah, y el libro!

—No seré yo quien te diga que te cases y me pidas ser tu dama de honor. A lo que me refiero es que pasas demasiado tiempo con hombres de tu pasado.

¿Sabes que el sexo es necesario? ¡Sexo con hombres nuevos! Experiencias nuevas. Date de alta en una aplicación, hay chicos encantadores.

—Y el amor también es importante— volvió a murmurar Marta como un jilguero.

Rosa hizo como si no la hubiera oído.

—Tampoco te estoy diciendo que te acuestes con todos los hombres que conozcas. Pero si te comportas como una ermitaña, vas a volver con el friki, por no estar sola. ¿Dejan casarse con un ordenador? — y la pregunta la hizo con el semblante serio.

Las mejillas de Paula casi reventaron por lo roja que se puso ante la última pregunta. Ella también se avergonzaba del cibersexo con Carlos, pero cuando ocurría era maravilloso.

—Leí en un artículo que sí. Un japonés lo había hecho— rio Marta y la miró con ojos que decían: "La venganza es un plato que se sirve frío".

Tras contar hasta veinte y ocho, empezó a recoger sus cosas muy despacio:

— A ver, señora moderna que va ligando por ahí con todo el género masculino porque tiene un cuerpo de diosa que yo...— y se señaló de arriba abajo—, y señorita con marido perfecto, niño de anuncio y futura madre de nuevo. Hoy día una mujer no necesita estar con un hombre para que no la consideren un bicho raro, ni siquiera para ser feliz. ¡Yo soy feliz! Y cuando tecleo mis historias, más. Tengo novio, mi libro.

—Tan modernas que sois y parece que sólo queréis que me busque a un hombre— y cuando metió todo en su mochila, se subió los pantalones que con el berrinche se le habían caído; les lanzó dos besos. — ¡Invita Marta!

— Nadie ha dicho que te busques un hombre. Pero sería buena idea que dejaras de retozar con tus ex, pasa página — Rosa no era consciente de que tenía un tono de voz de soprano por lo que Marta se escondió detrás de su vaso porque la gente de las mesas de alrededor las miraba entre risas.

De camino a casa Paula sintió rabia hacia esas dos que decían ser sus amigas. Tuvo la tentación de volver a casa de Lolo, pero al final desistió.

Perfect convirtió la fea calle que cruzaba en una escena de una buena película romántica. De esas de los cincuenta donde Katherine Hepburn es la protagonista.

A veces, se avergonzaba de tener a esas amigas. Una parecía la protagonista de 50 sombras de Grey y la otra de Bridget Jones. Por favor, las mujeres no somos ni sumisas ni estúpidas y así, enfadada con el género femenino preguntó en voz alta: "¿Sí?" Sin mirar la pantalla.

—Bonita forma de contestar a tu madre.
—Perdona mamá— y de repente parecía tener siete años
—No pasa nada cariño, —y el tono de su madre sonó menos duro y demasiado dulce para su gusto.
— ¿Cómo va todo? ¿Estás bien?
—Sí, muy bien. Como siempre. ¿Ocurre algo, mamá?
—Noooo, —y ese no sonó como un sí, pero su madre siempre ha sido reservada y aunque les acabara de caer un meteorito no le diría nada.
—Papá...
—Tu padre está bien, te manda besos y me ha dicho que igual un fin de semana nos vamos a Madrid a verte.

Aquello sí era extraño. ¿Sus padres dejar su casa? ¿Venir a la capital? Los dos detestaban el gentío y el ruido.

—Me haría mucha ilusión mamá. Avísame una semana antes y recorremos Madrid.

Se hizo un silencio y su madre le dijo adiós de repente. De fondo, oyó a su padre, con el que no pudo ni intercambiar los monosílabos habituales.

Tenía ganas de llegar a casa, de ver a Raúl y echar un vistazo a los apuntes de la oposición, uf para qué mentir tenía ganas de continuar con la novela que por fin había empezado. Pero subió los escalones con un vacío en el estómago y tenía que ver con ese tono de su madre.

Raúl maullaba. Menos mal que Paula no entendía lo que le estaba diciendo porque la depresión iría en aumento.

Segundo día de vacaciones. Segundo día que pensaba dedicar a ver un maratón de películas de su adorada Katherine Hepburn. El primero lo dedicó a hacer limpieza en casa.

Raúl estaba contento. No había nada que le gustara más a ese gato que el orden y que todo oliera a ese incienso que huele a.... él no sabía qué olor era.

Aunque ahora su esclava pasaba más tiempo en casa, en su interior tenía que admitir que le agradaba, pero no dejaba que le tocara como si fuera un muñeco, sobre todo cuando se sentaba frente a la pantalla y emitía ruiditos que ni comprendía ni quería comprender.

Eso sucedía normalmente cuando Paula veía una película en blanco y negro o decidía revisar su colección de la BBC de adaptaciones de las novelas de Jane Austen.

Disponía de quince días para tomar varias decisiones. Continuar con la oposición para convertirse en una profesora de secundaria o terminar su novela.

Sabía que escribir un libro siendo desconocida sería complicado. Así que, tras meditar durante una semana, no necesitó más, comprendió que tenía un público ahí fuera, aunque no se identificara con él.

Ella vivía en la década de los 60 en Londres, aunque no lo había pisado nunca; y los prototipos de mujer que vende el cine actual le parecían un estereotipo ajeno, prefería La fiera de mi niña o las mujeres que veía en el metro a diario. Siempre extraía alguna historia cuando las miraba.

Esa forma de pensar ni cuadraba con lo que le gustaba a la mayoría ni con su entorno. ¿Cómo demonios iba a escribir un libro sobre hombres y mujeres que no conocía?

Ese universo donde ellas adoraban a protagonistas preocupadas por su peso, que tienen familiares que les recuerdan que siguen solteras o esas novelas eróticas que triunfan con una trama de todo menos sensual o sexual.

Si Anaïs Nin levantara la cabeza moriría ante semejantes descripciones entre dos adultos practicando sexo. "Oh sí, oh sí, oh dios míooooo".

Creer que eres una experta en el género erótico por repetir el verbo follar cien veces en un capítulo es lamentable, pero atrévete tú a decírselo a las que lo leen en el metro.

"Voy a ser una escritora fantasma. Buscaré un nombre en inglés y escribiré sobre amigas que gritan al verse, que se llaman 'tía' y que piensan que un hombre fan del sado es lo más sexy"

Y justo ahí, en mitad de ese pensamiento fue cuando se le ocurrió la idea de conocer a otros hombres. Hombres reales, no los que aparecen en esas novelas donde siempre son ricos, altos y guapos.

Crearía un perfil en una de esas aplicaciones para conocer gente y anotaría qué les gusta a los hombres. O, mejor dicho, qué piensan o cómo se comportan.

En realidad, eso no podía averiguarlo, pero al menos obtendría más riqueza de vocabulario, matices que no hallaba en los que la rodeaban que básicamente se reducía a dos y a los clientes de la tienda.

No quería que su protagonista masculino fuera ideal, sino el resultado de un grupo heterogéneo de hombres entre 30 y 40 años. Que tienen problemas para llegar a fin de mes o que son tímidos. Eso sí, con un toque especial porque a la vida hay que ponerle azúcar, sobre todo a la literaria.

Ni Lolo ni Carlos le servían. No encajaban con lo que a una mujer le suele atraer. Entraban en el prototipo de sinvergüenza y friki. Y sobre ellos había ya muchos libros, aunque fuera como personajes secundarios.

Tras una buena ducha y apagar el móvil se puso el vestido más cómodo para estar en casa y descalza se echó sobre la cama. De reojo vio el objeto que yacía sobre su mesita de noche. ¡Una vez más había olvidado poner un cartel en la tienda! Qué desastre. Mañana pensaría en ello.

Encendió el portátil y buscó páginas para tener citas o lo que surja. Eligió la primera que apareció en el buscador; en cuanto a la foto, puso una donde se la veía de perfil en una pose natural.

O al menos, eso creía. Aquella fotografía se la hizo Lolo cuando estaban juntos. Le tenía mucho cariño y se veía razonablemente guapa.

Ni dos minutos habían pasado tras subir la imagen cuando empezó a recibir mensajes.

—Esto no es real, no puede ser que en dos minutos ligue más que en dos años. ¡Sólo es una foto! —y se echó a reír.

Raúl se asomó ante semejante escándalo y decidió esconderse. No fuera a ser que lo estrujara entre risas, definitivamente su esclava estaba loca.

Aquello prometía. Buscó entre sus cd's y eligió Viviendo en la era pop, de Los Flechazos.

Con un ambiente que le hacía sentir más cómoda procedió a ligar/hablar con todos los tipos que encajaran con la protagonista de su novela.

Como nombre eligió Susan Vance, ¿cuántos hombres que anduvieran por allí habrían visto una comedia que se estrenó en 1940?

Paula podía ser pedante, pretenciosa y muchas más cosas si se lo proponía.

Echó un vistazo al perfil de un chico de 38 años que aparecía tumbado en el césped leyendo un libro. ¿Quién le habría hecho la foto? ¿Una antigua novia?

Vio unas cuantas más y le convenció:

Ignacio, amante del cine y del ajedrez. Físicamente le recordaba a un actor de los 90 y tenía cara de simpático.

La aplicación le invitó a dar a un corazón y de manera inconsciente lo hizo. ¡Zas, flechazo! Vaya, a él también le había gustado. Sus rostros aparecieron unidos de manera artificial pero como si se hubieran ido juntos de fiesta el fin de semana anterior.

Se abrió un chat de toda la vida y leyó:

— Así que te gusta el cine clásico.

Espantada por creer que era muy lista o especial, le contestó.

— Me gusta. Creo que he nacido en la década equivocada. ¿Has visto La fiera de mi niña?

—Por supuesto. Soy un apasionado del cine. ¿No has leído mi perfil?

Y se asomó con cuidado, como si él pudiera verla: Vaya, el chico tenía una colección de títulos que a ella también le gustaban. Quizás estuviera equivocada e iba a tener la suerte del novato.

— Sé que igual es muy directo, pero si nos intercambiamos los teléfonos no tendremos que seguir hablando por este chat, no sé a ti, pero a mí me va tan lento que igual se cae y no me da tiempo ni a decirte mi nombre.

Ante la ocurrencia, de ese desconocido amante del cine en blanco y negro, sólo pudo hacer lo que no debía: darle su número. El truco era malo, ya sabía cómo se llamaba.

—De acuerdo, y tu nombre es...
—Ignacio, —y tras su nombre tecleó su número.

No lo pensó y lo añadió a sus contactos. A los dos minutos ya le estaba enviando un mensaje. De fondo sonaba:
No, no, no, no ...
no, no, no, no ...

No sabes bailar como yo,
no sabes bailar como yo,
no sabes bailar como yo,
no sabes bailar como yo.

No sabes chasquear los dedos
mientras bailas viejos discos de Starks.

Y agitó las piernas en el aire. Raúl pasó de nuevo por delante y esta vez se quedó un rato observándola. A veces pensaba que los papeles estaban intercambiados.

Su esclava podía ser graciosa.

— Trabajo en la universidad, me encargo de llevar todos los talleres relacionados con el séptimo arte, por eso soy un experto— y añadió unos cuantos ja.

— Yo trabajo en una tienda de ... —y pensó antes de escribir, no quería dar muchos datos personales—... productos eróticos.

—Ah, pues muy bien. No te voy a gastar ninguna broma, — escribió el cinéfilo. Guiño. Guiño.

Estuvieron intercambiando mensajes sobre todos los temas que les interesaban hasta las doce de la noche.
Se olvidaron de cenar. Era surrealista. Sólo paró para dar de comer a Raúl.

Hablaron sobre una tienda que estaba cerca de casa donde tenían tesoros en forma de películas antiguas.

—A veces voy allí a comprar material para los talleres. No es que tengan mucho éxito, pero con que se apunten cuatro alumnos me doy por satisfecho.

—Es una tienda muy agradable, dan ganas de quedarse allí a vivir.
— ¿Podíamos seguir mientras desayunamos...?, —preguntó él.
—Sí, bueno... ¡Claro!
— ¿A las 9:15 es buena hora o muy temprano?

Extrañada, pensó que era una hora ideal y aceptó.

Y con una sonrisa pícara escribió un sí con un emoticono de amplia sonrisa y apagó el móvil. Había estado en línea durante mucho tiempo y tenía varios mensajes de Lolo a los que no respondió.

Pero se sentía bien. Demasiado bien. A ver si le iba a suceder como a la protagonista de uno de esos libros pastel que le gustaba criticar y se enamoraba del primer chico con el que hablaba.

Cambió su ropa por una camiseta enorme y se dispuso a dormir plácidamente. Y así transcurrió la noche hasta que el croar de las ranas le despertó.

Miró el reloj y vio que eran las 9 de la mañana.

Con los ojos cerrados buscó el teléfono que andaba por la mesilla y vio que todos los mensajes eran del cinéfilo. Qué irresistible conversación la suya que se acordaba de ella recién levantado.

—Voy camino de la tienda, en cinco minutos estoy ahí. ¿Desayunamos, ¿verdad? Te espero.

¿Cómo que desayunamos? ¿Cinco minutos? ¿Dónde? ¿La tienda? ¿Pero no se refería a seguir hablando por el móvil mientras cada uno desayunaba tan ricamente en su casa?

Haciendo esfuerzos por abrir los ojos tecleó una frase sin mucho sentido, pero con muchos 'perdona'. Perdona no te entendí anoche. Perdona me acabo de despertar. Perdona, me visto y voy para allá. Perdona.

Raúl maullaba y ella tenía cinco minutos para darse una ducha, borrar esa cara de sueño y la marca de la almohada, tampoco era cuestión de ponerse un traje de fiesta, pero al menos no parecer La novia cadáver.

Cuando logró cumplir con las dos primeras partes de su plan, recibió otro mensaje.

— Me vuelvo a casa. He comprado un par de pelis y tengo tarea pendiente. Ya quedamos otro día.

No se lo podía creer. Después de la conexión que hubo ayer, el tipo se enfadaba porque ella no sabía leer entre líneas.

No supo si enfadarse o reír. Ella era un despiste personificado, pero él demasiado tajante. Es decir, si no acudes a la cita porque te has quedado dormida, pero te vistes más rápido que Marc Márquez, no vale. Imaginó que debía ser un actor frustrado y que su ego estaba herido.

Ya tenía material para el libro. Un intelectual castiga si lo dejas plantado en la primera cita, aunque tengas una muy buena excusa.

Durante toda la semana no volvió a saber de él, pero esos días ella volvió a entrar a la página donde añadió dos fotos más.

Una con Raúl, a riesgo de parecer un estereotipo: mujer de más de 30 años que vive con su gato, y otra de una ilustradora que le encantaba, Snezhana Soosh porque se identificaba con ella, la relación con su padre era casi inexistente.

Un día que pensó en enviar un mensaje al tal Ignacio vio que la había bloqueado. ¿Bloqueado? ¿Cuántos años tenía?

Comenzó a sentir una cierta empatía por esas protagonistas que se exasperan ante comportamientos ridículos más propios de niños y adolescentes que de adultos. Quizás esa era la magia de los libros donde una soltera de 30 años intenta no acercarse a tipos como el que ella no había tenido el gusto de conocer en persona.

"Ah, bien. No acudí a la cita por lo tanto me borras y pasas a la siguiente, eres un ser humano muy lamentable, Ignacio. No me extraña que sólo tengas cuatro alumnos".

Si seguía haciendo ese calor en septiembre no iría a trabajar nunca. Otra vez la ciudad parecía menos caótica. Algunos privilegiados se marchaban fuera ese mes y daba gusto caminar por sus calles.

Seguía con sus merecidos días de descanso, pero aquella mañana había pensado en hacer una visita sorpresa a Marta. Últimamente no la llamaba y ya era hora de verla en persona, y a Marcos también. Quizás podrían hacer algo juntos los tres.

No le diría nada sobre el libro y menos sobre su experiencia en la página de citas. Sin saber muy bien la razón Carlos regresó a su mente. Miró el reloj, eran las diez de la mañana.

En Chile seis horas menos. Lo imaginó trabajando. Con su cara de niño bueno, sus gafas, y ese pelo castaño con un remolino que le daba un aire de adolescente.

Aunque le enviaba mensajes picantes, y los dos se excitaban y avergonzaban por igual de aquella situación, él era un buen hombre. Lo suyo fue auténtico, pero eran demasiado jóvenes y él tenía muchas ganas de demostrar que era bueno en su trabajo.

"Un imbécil", le diría años después. "Fui un imbécil al decirte que vivíamos lejos, que el trabajo me hacía viajar y que no te podría ver. Mírame ahora, en otro país, en otro continente".

A veces, recordamos a los hombres que han sido importantes en nuestras vidas, cuando pensamos en su lado vulnerable, y sabía que él lo estaba pasando mal allí. Aunque le hacía rabiar que siempre llevara las conversaciones al terreno sexual, lo cierto es que había sido un buen compañero.

Sacó el móvil de un bolso pequeño y grabó en un tono bajo refugiada en un portal.

—Hola ex. ¿Te cuento un secreto? Estoy escribiendo un libro y tal vez aparezcas en él. Pero no eres el protagonista, no te me vengas arriba. Espero que estés bien. Ah...— y puso voz de actriz seductora El libro trata sobre una treintañera desesperada por encontrar el amor, sus amigas y tiene un final feliz, no te rías de mí.

Eso era lo bueno de llevarse bien con su ex, le podía contar las cosas más íntimas sin que nadie pudiera sonsacarle información. Demasiado lejos.

Demasiado lejos, volvió a pensar...

Regresó a la Tierra y en diez minutos estaba frente a la casa de Marta.

Qué manera tan dispar de prosperar en la vida. Marta tenía un buen trabajo, con la ayuda de su padre, todo sea dicho, se había casado con el hombre ideal, y su hijo era el niño más simpático y guapo de la guardería más chic de la ciudad.

No le gustaban muchos los niños, no podía decirlo en voz alta porque le hacía parecer la bruja mala del cuento. Pero no tenía paciencia con ellos, aunque con ese pequeño se lo pasaba bomba. Obviamente por lo que argumentaba la madre de la criatura: "Tú eres más infantil que él".

—Hola, señora azul —y Marta le abrazó como si hiciera siglos que no la viera.

Ahí estaba, en el umbral de su puerta, bella y con una sonrisa de oreja a oreja, aunque los ojos delataban que había estado llorando, pero antes de que ningún pensamiento se pudiera cruzar por su cerebro, un rubiales surgió de la nada y se le agarró a una pierna.

Ella lo tomó en brazos y los tres pasaron dentro de la mansión.

— ¿Cómo estás? —preguntó Marta mientras abría la puerta del frigorífico. — ¿Por qué no me has avisado? ¿Quieres que salgamos un rato con el niño? ¿Cómo están tus padres?

Paula rio.

—Bien. He sido impulsiva. Mejor nos quedamos un rato aquí y me cuentas. Mis padres como siempre. — pero eso no sonó tan convincente.

Definitivamente, cuando iba a su casa, le daba miedo caminar, pisar el suelo o manchar alguno de los sofás porque tenía por todas partes. Raúl se volvería loco en aquel paraíso. Optó por sentarse con Marcos en las rodillas en una silla de la cocina.

—Toma, — y le acercó un té helado. Había oído cómo abría la lata, pero lo aceptó como si fuera lo más sofisticado del mundo.

Marcos trató de beber, pero ella lo apartó con rapidez, el niño pronto se cansó de estar quieto y salió corriendo gritando no se sabe muy bien el qué.

—Qué guapo es — dijo Paula
—Está aburrido, quiere que le lleve a jugar al parque, pero hoy me faltan energías, pero si vienes tú seguro que me animo— y le dio un sorbito a su bebida.

— ¿Cómo está Antonio? Si quieres algún día puedo hacer de canguro y vais juntos a cenar vosotros o lo que os apetezca.

Marta la miró como si le hubiera dicho algo horrible.

— No vamos a ningún lado. Y gracias por ofrecerte. Pero tú tienes una vida, y no voy a decirte nada..., no pongas esa cara. Sigo pensando que Antonio tontea con alguien. Vale. No me es infiel, pero tontear, tontea.

Aquel tema empezaba a cansarle. Siempre había tenido claro que los problemas de su amiga estaban a años de luz de la realidad de cualquier ciudadano medio, pero esa obsesión suya con las infidelidades ficticias de su marido le ponían de mal humor.

—No me digas, le has pillado en la cama con otra y te ha dicho eso de "no es lo que parece" y los dos estaban vestidos.

Esa respuesta sólo recibió una mirada furibunda por parte de la mujer despechada y su silencio.

—Perdona, pero no te entiendo. Sabes que te quiere. Nunca te he visto así. Cuéntame qué pasa. No te enfades conmigo anda, por favor...—y le puso un puchero como los de su hijo.

—Quiero que me aconsejes para ser algo más... algo más... un poco más... —y mientras no terminaba la frase movía la mano con tanto brío que parte de la bebida cayó al suelo.

— ¿Quieres jugar con Antonio? ¡Pero eso es fácil! Tú y tu manía de que no ver alguna película porno. Vamos a ver, no es necesario pero la literatura erótica... Te aseguro que los relatos de Valérie Tasso son una maravilla. De libros sobre sadomasoquismo no hablo, ojo.

Marta, cruzó los dedos para que Paula no pudiera leer el pensamiento porque sabía a qué libro se refería.

Estaba tan segura de que era atractiva que a la parte sensual no le daba importancia, pensaba que ya estaba todo hecho con tener un cuerpo diez.

— ¿Y qué me recomiendas?

Paula la miró incrédula. ¿Acaso creía que ella era una experta? Aunque comparando su vida de casada con la suya... Ella tenía un ex pervertido con el que compartía sexo a través de internet y los encuentros con Lolo, eran dulces y le daban momentos de plena satisfacción fugaz.

— Que hables con Rosa podría ser interesante— le salió involuntariamente.

— Paula, ella no es mi amiga. ¡Es tu jefa! —pero hizo una pausa— ¿No crees que se reirá de mí?

Obviamente se iba a reír y mucho, pero eso era lo divertido de la situación. Juntar a dos personas tan opuestas y obligarlas a hablar de un tema donde una lo veía todo blanco y la otra negro.

— Noooo, — mintió Paula. Y la miró con cara de niña buena.

En ese momento un ruido proveniente de su móvil salió de su bolso.

— ¿Ya has cambiado por fin a esas ranas de tono? — preguntó Marta levantándose a por otro té.

Era un aviso de la página de contactos. Cuando configuró su perfil olvidó silenciarlo. Miró de reojo y vio que tenía un chat por parte de un tal Rodrigo.

Por lo poco que vio en la foto le pareció mono y tenía un perro a su lado, suponía que para despertar más simpatías entre las mujeres o sencillamente, era su perro. Qué mal pensada.

Fuera críticas.

De repente, se le quitaron las ganas de salir de paseo y decidió que quería averiguar algo más sobre aquel desconocido y ni loca lo haría delante de Marta.

Se inventó una excusa nada ridícula, ya que le encantaba comprar juguetes para Raúl y le dijo que iba a por uno muy 'gracioso' que había visto de camino a su casa y que hablaría con Rosa para comentar la idea de quedaran.

La otra, con el ceño fruncido y confundida, retuvo a Marcos que había decidido marcharse con Paula y le mostró el vaso en señal de despedida.

Otra vez Ed Sheeran. Esa vez sí miró a la pantalla, era Lolo.

Debía cogerlo, llevaba ignorándolo varios días.

— Hola, guapo
— ¿Ahora soy guapo? ¿No se te olvida algo?
— Hola, al más guapo de esta galaxia y las que quedan por descubrir, ¿mejor así?
— Bueno, — respondió él, que siempre estaba encantado de oír su voz.
— ¿Dónde estás metida? Pensé que habías ido a ver a tus padres.
— ¿A mis padres?

—Tu madre me llamó el otro día, me extrañó la verdad, me dijo que sólo quería saber cómo estaba.

— ¡Mi madre te llamó! Espera, voy a tu casa. — Y colgó sin darle tiempo ni a despedirse.

EL ANIMADOR DESANIMADO SE ANIMA

Los días de visita en la residencia eran una fiesta. A Peter le gustaba observar desde un rincón de la sala cómo se daban abrazos hijos y padres que se veían obligados a estar separados por trabajos absorbentes.

Veía lágrimas y también muchas sonrisas. Se emocionaba y debía bajar la mirada o improvisar un picor de ojos de una alergia ficticia.

Todos se arreglaban y la gran mayoría pasaba el día fuera.

Nunca imaginó cómo serían sus padres a esa edad, y siempre acudía ese pensamiento en los días de visita.

Matías estaba especialmente contento porque venían a visitarle su hijo, su nuera y su nieto. Él estaba allí por voluntad propia y todos los encuentros acababan igual, con su hijo molesto porque no quería vivir con ellos.
El niño no paraba de hacerle reír y Peter sentía que era un privilegiado al poder contemplar esas escenas.

—Acércate, chico guapo— le gritó Matías desde el rincón donde estaba con su familia.

Él, sonrió y se aproximó. Ya conocía a Antonio porque le había saludado en otras ocasiones, pero esta vez le presentó a su mujer.

—Ella es Marta. Él es Peter el mejor amigo de mi padre aquí. Como ves, sigue en su línea, siempre juntándose con gente de su edad.

El niño, mientras tanto corría alrededor de un macetero grande que contenía una gran planta de plástico.

—En realidad, él es más joven que yo— dijo Peter por fin mientras miraba divertido al pequeño.

—Antonio, ¿por qué no te lo llevas un día a dar una vuelta? ¿Te puedes creer que no tiene novia? Tiene tres perros y pasa más tiempo aquí que con chicas.

Antonio miró a su padre como el que intenta regañar a alguien, pero le resultaba imposible.

—Deje a su hijo tranquilo..., ¿no ve que tiene una familia?
—Pero no es una mala idea. Si algún día te apetece podemos quedar para tomar algo. ¿Podríamos organizar una cena, ¿verdad? —y miró a su mujer.

Marta, podía tener las hormonas revolucionadas, pero le encantaba organizar cenas por lo que asintió mostrando sus perfectos dientes en la sonrisa más sincera del mundo.

Marcos, en su línea, se había agarrado a una de las piernas de Peter y repetía:

— Ven, ven, ven, ven, ven, ven...

Peter sintió algo por dentro, no sabía cómo definirlo, pero le gustaba. Lo suyo era estar solo y no le iban las cenas, tampoco tenía mucha confianza con Antonio, casi diría que se entendía mejor con el padre, pero respondió que sí, que se lo pensaría.

Y aceptó añadir a Antonio entre sus escasos contactos en el teléfono, y quedar para dentro de un par de semanas.

Y por ese día, terminó su papel de observador. Pensó que era mejor retirarse y ver cómo se marchaban los cuatro. De nuevo le invadió esa nostalgia que no le gustaba y se fue al vestuario, hora de volver a casa.

La enfermera morena le miró y él, como siempre bajó la mirada tras una sonrisa que parecía una mueca.

Mientras se quitaba el uniforme de animador, se colocó su ropa de chico, aunque se sintiera como un anciano.

Había que retocar esa barbita, abrió mucho los ojos y pensó que parecía un sapo blanco.

De repente, recordó que necesitaba comprar comida para sus perros y estiró la camiseta a la vez que empujó el uniforme dentro de su gastada mochila a puñetazos.

Esos tres eran lo único que le quedaba de sus padres y los quería con locura. Eso sí, comían demasiado, se pasaba media vida comprando comida para ellos.

Salió como una bala y la enfermera morena le miró con tristeza. Se subió a su viejo coche y dio gracias por encontrar el supermercado abierto a esas horas un domingo.

No se percató de que ya no hacía falta correr, pero mientras atravesaba el pasillo de las mascotas se llevó por delante con la mochila a una chica de pelo azul que llevaba un paquete de pienso para gatos que terminó en el suelo. La chica no.

—Guau, — acertó a decir ella mientras se tocaba el hombro. ¿Te preparas para las Olimpiadas?

Él no supo qué decir, se sintió torpe, algo ridículo y a la vez le hizo gracia esa chica que parecía un elfo.

—Perdón, perdóname, venía con prisa y ni te he visto, — cuando Peter se ponía nervioso su acento era más marcado y parecía un niño que intenta decir sus primeras palabras.

Paula lo miró con ternura porque tampoco le había hecho daño. Se agachó a recoger el pienso y le dijo:

—No pasa nada. Trabajo en una tienda de animales, estoy acostumbrada al placaje por perros más altos que tú.

—Sí, muy alto no soy. Pero nunca me habían comparado con un perro — y Peter sonrió: esa chica le caía bien y la conocía desde hacía medio minuto.

Paula se ruborizó por el comentario poco apropiado.

—Perdona, no te comparaba con un perro, quería decir..., —y frenó en seco, — tú ya sabes qué quería decir. Bueno, creo que me voy, el caballero espera su comida.

—Caballero— repitió él
—Raúl, mi gato

Era la primera vez que mantenía una conversación con alguien de su edad en el supermercado. Había ido hasta allí porque le apetecía alejarse de su barrio, de todo.

La charla con Lolo le había dejado preocupada. Y ahora ahí estaba frente a un chico con cara agradable y bastante guapo hablándole de su gato como si le conociera de toda la vida.

Le vinieron a la mente varias preguntas absurdas: ¿Tienes novia? ¿Lee novelas románticas? ¿Las lees tú? ¿Qué te parecen? ¿Crees que la gente tiene poco sexo y por eso leen novelas eróticas?

Y como durante un minuto se quedó ahí, mirándolo sin decir nada puesto que Peter no leía su pensamiento, él le ofreció la mano y le volvió a pedir perdón.

— Voy a por la comida de mis tres caballeros.

— ¿Cómo se llaman? — preguntó ella con un interés exagerado

—1, 2 y 3

— ¿En serio?

—No —dijo él ya al final del pasillo. — Igual coincidimos un día en el parque y te los presento.

—Raúl es un gato— dijo ella en voz baja y tras saludar con la mano, se dio la vuelta.

Mientras caminaba sonrió al pensar en su proposición. Debía pensar que vivía por la zona. "Nos vemos en el parque", había dicho. ¿Dónde narices hay un parque por aquí?

Uf, este tipo tenía algo, ni idea de lo que era, coordinación no, desde luego.

De repente se acordó del experto en cine y temió que todo quedara en una anécdota. Así funcionaban las cosas ahora. Encuentros fugaces, charlas fugaces y desapariciones que ni el mejor mago podría lograr.

¿Era mucho mejor vivir en la comodidad de los mimos de Lolo, revivir lo que fue una historia feliz y mantener sexo virtual con su ex, con el que pensó en casarse hace mil años?

La mejor forma de no sufrir es no arriesgar, de eso no sabían nada sus dos amigas.

EL CIBERSEXO NO ES PARA MÍ

Aquella noche no tenía ganas de conectarse a la página web de citas ni de hablar con nadie. El tal Rodrigo pensaría que era una engreída, pero tenía un mensaje de Carlos y desde el encontronazo con el chico de marcado acento británico, tenía que reconocer que se sentía traviesa.

Necesitaba oír a Carlos, que fuera descarado, que le incitara a hacer cosas que sólo él lograba que hiciera. ¿O era al revés? Nunca se lo había planteado. Sencillamente, sabía cómo ponerle caliente y formaban un buen equipo.

Raúl la recibió con indiferencia hasta que vio el pienso, entonces maulló dulcemente hasta que le puse la comida y agua.

Así me gusta, pensó el gato.

Como si fuera una adolescente se tiró en plancha en el sofá. Buscó el mensaje de Carlos y lo leyó con avidez.

¿Puedes conectarte ahora? Me gustaría mucho poder verte. Te echo de menos. Me siento demasiado solo acá.

En ese momento no dudaba, no juzgaba y no pensaba, sólo necesitaba evadirse y Carlos llegaba en el momento oportuno. Cómo podía odiarle algunas veces y otras, desear que traspasase esa pantalla y tocar cada parte de su cuerpo como antes.

Tras una ducha rápida, se colocó un albornoz y debajo el conjunto más bonito que tenía de lencería, era de color rojo y sabía que a él le gustaba y a ella, que él se excitara sólo con mirarla.

Prendió Skype.

Aún con el pelo mojado y peinado hacia atrás se percibía su tono azulado y él al verla en la pantalla, puso cara de sorpresa.

Ahí estaba: el hombre que iba a ser su marido, el que le rompió el corazón y ahora era su amigo o algo parecido.

Llevaba puesta una camiseta blanca e intuía que vaqueros. No había novia a la vista ni fémina con otro título. Se sintió incómoda al pensar en ello y le preguntó.

— ¿Por qué te sientes tan solo 'allá'? —y le miró con dulzura y deseo
—Porque llevo mucho tiempo sin vacaciones, porque los pasajes son caros y me asfixio. Tengo ganas de volver, Paula. Tu pelo azul es interesante, pero el rojo... —y lo dijo con ese tono de voz que la volvía loca.

Encantada se abrió un poco más el albornoz.

—Gracias —dijo él. — Me alegras el día, la vista y el corazón
Paula estalló en una carcajada nerviosa.
—No te rías, mala mujer, intento ser sensible. Además, es verdad, sigues siendo la mujer más sexy y si estuviera ahí sabes que nos encerraríamos en un hotel dos días.

— ¿Sabes...? Dos días serían pocos.

Carlos la conocía, sabía que cuando se soltaba hablando era porque tenía tensión acumulada. Recordó cuando estudiaban para los exámenes. Podían pasar horas haciéndolo, porque a ambos les relajaba el sexo, y les ponía a mil el pensar que debían estar estudiando.

Algo rondaba por aquella cabecita, pero él tampoco estaba para mantener conversaciones profundas. Su ex le parecía tan excitante, con esa piel blanca y esos ojos verdes de gata, que sólo deseaba masturbarse mientras ella le mostraba su cuerpo.

Y observándose en silencio a través de la cámara, ambos se tocaron, y llegaron al orgasmo como si estuvieran a escasos centímetros el uno del otro.

—Qué bien me vendría un abrazo ahora —dijo Paula ahora sin albornoz.

—A mí también —y sonó sincero. Su mirada volvió a reflejar un halo de tristeza.

—Carlos, tú tienes a todas las mujeres que desees...

— ¿Y a ti no te pasa lo mismo? ¿O quieres que me creas que te gusta mantener sexo conmigo a través del ordenador?

Ella bajó la mirada y pensó en Lolo, y también se cruzó por sus pensamientos el desconocido de aquella tarde. ¿Qué hacía ahí? Nadie le había llamado.

—Es verdad, ¿entonces por qué hacemos esto?
—Porque somos morbosos, románticos y nos queremos mucho.

Cuando tenían alguno de esos encuentros ella se sentía vacía, no culpable ni nada parecido, eso le ocurría cuando pasaban más semanas, pero se quedaba con ganas de sentir su piel, de tocar y creía que algún día tendría que acabar con esos juegos, pero desde luego, esa noche no iba a ser.

Se despidieron como siempre, con frases mimosas, con mucho 'cariño' por aquí y por allá cuando ambos sabían que, aunque se quisieran, el morbo era lo que les mantenía unidos en la distancia y en el tiempo.

Al rato le llegó un mensaje, era él:

"He oído tu audio. No seas dura con el resto del género femenino. Además, ¿tú no eras fan de Jane Austen? Pero te apoyo, en lo que sea que vayas a escribir, aquí tienes un futuro lector"

Quedaron sobre las seis en una tetería que estaba de moda. Rosa la propuso y Marta no puso ninguna pega. ¿En qué momento decidió aceptar la invitación? Sencillo, en el que se dio cuenta de que Paula estaba extraña y parecía tener mil ocupaciones y la desesperación era su única aliada.

Rosa esperaba sentada a la embarazada neurótica que es como la llamaba mentalmente.

Llevaba un pantalón negro, zapatos rojos de tacón y una blusa blanca que no estaba en ningún escaparate de Madrid. Si Marta supiera dónde y cómo la consiguió se escandalizaría.

La embarazada y dulce Marta apareció en escena. En esas semanas su barriga era más prominente, pero era de esas afortunadas que sólo cogía peso ahí. Estaba algo nerviosa y a la vez, deseaba charlar, a riesgo de llevarse varios cortes verbales.
— Hola, estás preciosa— dijo Rosa mientras se levantó para saludarla, era sincera. Parecía una de esas famosas que posan frente al hospital recién dadas a luz. Maquillaje perfecto, vestimenta ídem y sonrisa deslumbrante.

Y tras el intercambio de piropos, llegó la hora de la verdad.

—Esta Paula es una lianta, ¿verdad? —comentó Marta mientras dejaba su bolso gigante sobre la mesa —Lo siento mucho.

— ¿Por qué lo sientes? —preguntó Rosa. —A mí me parece una gran idea. A ver, tú y yo apenas nos conocemos. Tienes la tarde libre, yo también. Queremos a la misma persona que se tinta el pelo de azul (sonrió) y si puedo ayudarte, encantada. ¿Qué te preocupa?

Lo dijo todo con seguridad, simpatía y algo de condescendencia, pero le apetecía hablar.

70

—Voy a ir al grano, no sé cómo hacer para que mi marido se fije en mí— y le clavó la mirada.

—Pero si llevas con él muchos años ¿no es así? Además, eres mucho más guapa que esas influencers de Instagram.

—Lo sé.

— ¡Vaya, no me esperaba esa respuesta y Rosa le aplaudió

— El ser guapa o fea no importa, a los hombres hay que saber cómo seducirlos y yo no sé. Me miro al espejo y me gusto, y tenías razón, estar embarazada tiene su morbo, ¿Pero ¿cómo hago para que él se vuelva a acercar a mí? Es un buen marido, pero también es demasiado guapo y sé de un par de su oficina que le van detrás.

La cara de Rosa era un poema, aún no habían tomado nada y dudaba que en su estado pudiera beber algo fuerte, pero la mosquita muerta la estaba dejando sin palabras.

Rosa era una experta en dejarse llevar, en pensar que todo lo relacionado con el sexo no era malo si era compartido por dos y que la gente, en general, era muy hipócrita con este tema.

Todos se llevan las manos a la cabeza en cuanto esas cuatro palabras aparecen en una conversación, pero todos se mueren por tener mejor, más o algo de sexo.

Si el deseo sexual se vendiera en panaderías, más de uno y más de dos compraría cuatro barras diarias.

— Con que un par... no digo yo que no las haya, pero si tu marido se dejara "tentar", estaría a la misma altura ¿no? Porque si quieres, ahora mismo encargo una pócima mágica a ver si se evaporan todas las mujeres del planeta para que no tienten a tu hombre.

Marta puso cara de estúpida porque sabía que había dicho la estupidez más grande que una mujer puede decir.

— A ver, destructora de mujeres, ¿cuánto tiempo hace que no tienes sexo con el guaperas de tu marido?

— ¿Eso es importante?

Rosa quería 'matarla' pero se contuvo e hizo un gesto a la camarera para que le trajera una bebida.

—No, mujer, te lo pregunto porque no sé de qué hablar. ¡Claro que es importante!

—Dos meses.

La otra la miró como si tuviera frente a ella un ser venido de otro planeta muy lejano y la fuerza no le acompañaba.

— ¿Pero ¿qué os pasa? — preguntó escandalizada. — Sois jóvenes, tú estás embarazada no eres una enferma de gripe. Por dios santo, con razón estás como estás.

Y a partir de ese momento, comenzó una amistad que iba a perdurar durante años junto a un método secreto ideado por parte de una mujer enamorada del sexo, que sólo compartió con una necesitada que Anaïs Nin había puesto en su camino. Su deber era ayudarla.

EN EL PASILLO, A LA HORA DE NUNCA

Ir a comprar a la hora de comer era una estrategia que sólo los antisociales conocen. No eligen ese momento porque sea el único que tienen a lo largo del día. Sino porque cuando el resto de la gente normal está comiendo, se abre ante ti, un paraíso de pasillos vacíos y alimentos que no necesitas, al alcance de tu vista.

Paula llevaba frente a dos cajas de avena unos diez minutos. Había leído los ingredientes de ambas, pero no se decidía (problemas del primer mundo)

No tenía nada de glamuroso pasear por allí, pero en aquel lugar vacío, con música que no oía porque en su teléfono sonaba Tom Jones, le entraron ganas de bailar.

Al final optó por el que contenía menos azúcar y sus tripas crujieron tanto o más que la voz del galés.

Puso la mano sobre aquella chivata y se le escapó la risa. No lo oyó. No lo vio venir.

Pero una de las cajas había perdido su lugar mientras ella sostenía las otras dos, y al colocarla se produjo un efecto dominó que, en menos de medio minuto, provocó que acabara rodeada de avena de todas las marcas y algún paquete de galletas.

Fue tan rápido e inesperado ver todo aquello sobre su cuerpo que ni le sorprendió ver una mano que tomó la suya entre aquel desastre. Al mirar al dueño de la misma se encontró al chico del supermercado..., del otro supermercado.

— ¿Estás bien? — le preguntó sonriendo. Y con una fuerza y delicadeza propia de quien trabaja con personas mayores a diario, la rescató.

Al llevar los auriculares le respondió con un "sí" que retumbó en el lugar. Él se los quitó con calma algo ruborizado.

— Me debes una, o al menos eso dicen en Japón cuando se salva la vida de una persona.

— Entonces tendré que seguirte para comprobar que estás bien todos los días —y lo dijo tan seria que le entraron ganas de volver al montón de cajas.

— Me llamo Peter, creo que no nos presentamos el otro día.

—Paula. Y como ves me gusta llamar la atención.

Un chico les miró como si fueran un par de adolescentes preparándose para el botellón y comenzó a colocar la avena. Así que apuraron el paso y desaparecieron por el pasillo del chocolate.

Entre tabletas de deliciosos sabores, se mantuvieron en silencio. Ella lo miró de reojo y vio que ya había comprado la comida para sus perros.

— ¿Cómo están tus tres pequeños? —preguntó por iniciar alguna conversación.
—Bien, ellos siempre están bien —respondió, con una breve sonrisa. — ¿Sueles pasear por el parque?
Ella pensó que tenía problemas de memoria porque fue lo mismo que le dijo la primera vez.

—No vivo por aquí, y Raúl es un gato al que le gusta ir por libre.

Entonces comprendió por qué no la había visto cada tarde que salía sin intención alguna de encontrársela pero que le provocaba algo de malestar al regresar a casa.

La estampa era surrealista. Ambos, caminado a cámara lenta como si temieran que al terminar el pasillo tuvieran que separarse.

Sin apenas conocerse y con deseos de estar juntos en silencio. Ese tipo de relación tan hermosa que sólo se da cuando ya conoces tan bien a la otra persona que puedes pasar media hora sin hablar y sentirte cómoda.

Un 'rugido' esta vez más fuerte salió de las entrañas de Paula y ante tanto silencio, él lo escuchó.

La miró de reojo y para evitar reír delante suya, fue en busca de algo. Al regresar, le puso frente a la cara una tableta de chocolate con naranja.

Ella le dio las gracias susurrando. Y la abrió. Primero le ofreció a él y ante la negativa le dio un mordisco que le hizo soltar un: "Qué rico".

Con azúcar en el cuerpo y ese delicioso sabor entre sus papilas gustativas, antes de llegar al final del pasillo le preguntó:

— ¿Tienes algún plan para esta tarde?

Él, que en ese punto había olvidado qué ponía en su lista de la compra le respondió con un 'no'.

— No sé, quizás te apetezca dar una vuelta con tus perros y yo pasear la compra con vosotros, es un planazo, lo sé.

—Es el mejor plan que me han propuesto... este mes — y le dio un codazo no se sabe muy bien el porqué. Estaba contento, asustado por quedar con una mujer y feliz por haber visto de nuevo a aquella chica del pelo azul.

Mientras él subió a por los perros, ella prefirió estar en la calle. Nada de lo que llevaba en aquella bolsa corría riesgo de estropearse. Es más, le daba igual. Aquella calle era un remanso de paz en la ruidosa ciudad.

Había una gran fuente y juegos para los niños. Hasta árboles. Y el hambre desapareció al igual que los nervios. En ocasiones se dan este tipo de encuentros donde el otro te provoca comodidad mezclada con ganas de darle un beso en cuanto se descuide.

¿Así sucedía en las novelas románticas de ahora? ¿Los protagonistas se enamoraban a primera vista?

Miró el reloj, a esas horas estaba en casa comiendo sola junto a Raúl y revisando alguna película.

Pero sintió que aquel día era mejor. Ese chico-hombre con acento británico le despertaba ternura y pensamientos tórridos.

Recordó el momento en el que la 'rescató' en el supermercado. Paula no era mujer de avergonzarse de sus tropiezos literales y simbólicos. No pisaba con fuerza como Rosa, pero desde luego no se lamentaba de haber hecho el ridículo. Como Peter tardaba, se acercó a un banco y decidió esperar cómodamente.

Sacó el espejo y sin dejar de mirar la puerta se aplicó un labial rojo. Tenía chocolate en la comisura de los labios. Algo que le daba el aspecto de una niña que acabara de asaltar el frigorífico a escondidas.

Oyó un ruido y ahí estaba. Él y tres perros casi tan altos como ella. Se levantó de un salto y se unió a ellos. Por unos segundos pensó en el día que tropezó con la correa, pero igual que acudió el pensamiento se fue.

El parque estaba a escasos minutos de ese encantador barrio y cuando quiso darse cuenta, ya estaban dando la segunda vuelta observando cómo jugaban aquellos gigantes peludos.

— Nunca había conocido a nadie en el supermercado — confesó Peter con las tres correas en la mano — ¿Y tú?

Estaban sentados, y el parque como el supermercado estaba prácticamente vacío.

Paula no pudo evitar fijar los ojos en las correas que él sostenía, pero le contestó.

— Tampoco. Bueno, he tropezado con señoras que te miran mal si sólo llevas un producto y no las dejas pasar, pero con un chico simpático, no. Por cierto, ¿a qué te dedicas en tu tiempo libre cuando no rescatas a torpes como yo?

— Trabajo en un centro de mayores — y la miró fijamente, como si esperara que se sorprendiera — Soy animador sociocultural. Me gusta ese ambiente. ¿Y tú?

— ¿Yo?

Paula sintió que su parte profesional era superficial. Pero le explicó lo de la carrera, la tienda y la novela. Lo de las oposiciones lo dejó a un lado.

Cuando Peter escuchó que ella escribía quiso saber la temática y al conocer que el romanticismo estaba detrás comenzó a sudar.

— ¿Inspirada en hechos reales? —y empezó a llamar a los perros mientras se levantaba.

Ella lo imitó y también los llamó por sus nombres como si fueran suyos:

— ¡Timmy! No, mi vida no es tan apasionante. Todo el día rodeada de las mascotas de los demás; supongo que escribo o intento escribir sobre el amor porque no tengo ni idea de qué va. Luc, ven aquí (y también silbó sin saber el motivo)

— Yo de amor, suspenso total. No sé. No quiero saber y es mejor que nadie se me acerque, porque doy mala suerte — y Peter se agachó para poner las correas a sus tres amigos.

Paula lo miró y tragó saliva.

No creía en los flechazos, pero sí en las sensaciones y estaba a gusto con él. ¿Daba mala suerte?

Y ante su sorpresa, él se despidió demasiado rápido. Le dio dos besos y dejó en el aire un:

"Nos volveremos a ver"

ESCRIBIR UNA NOVELA ROMÁNTICA TE PARTE EL CORAZÓN

Se sentó frente al ordenador para continuar con el libro. Ya había pensado un nombre para su protagonista: Alicia.

Era un homenaje a Alicia en el País de las Maravillas. Aunque la maravilla que iba a experimentar su protagonista sería vivir una historia romántica, sortear algunos obstáculos, parecer tonta a veces y lista otras tantas.

Todo ello salpicado de caídas de su silla en la oficina, y de que algún tipo la salvara. A ser posible tan atractivo como una escultura griega, un cantante de moda y un actor deseado por todo el planeta.

Como si enamorarse fuera su única salida, pero qué le vamos a hacer era lo que vendía y ella necesitaba ingresos. Una auténtica meretriz de la Literatura es lo que era.

Abrió la página de las citas. Pero esta vez con Peter en la cabeza. No lo había vuelto a ver. ¿Ir al parque? Claro que se le había pasado por la cabeza, pero no quería parecer una acosadora.

Un tal Rodrigo que le había enviado corazones y "me gusta" por encima de lo permitido estaba y encima conectado, o al menos eso indicaba una luz verde junto a su nombre.

— Hola Rodrigo, ¿cómo estás? —Y añadió un emoticono con una sonrisa.

Pronto obtuvo respuesta. Había leído que a veces esa luz se quedaba en verde, pero no significaba que la persona estuviera frente a la pantalla.

— Hola, estoy bien, gracias. Me gusta mucho tu perfil. Has tardado en responder, pero ha merecido la pena.

¿Y cómo sabía eso? Si sólo le había saludado. Es curioso cómo algunas personas son tan impulsivas que tras ver unas fotos y que alguien les preste atención creen que la vida es hermosa.

— Sí, perdona. He estado desaparecida en combate. Tenía que estudiar para unas oposiciones. ¿Y tú, qué me cuentas? Tu perfil también era interesante (mentirosa hasta el infinito, no lo había leído)

— Eres la primera a la que se lo parece. ¿Te gustan los perros? ¿Escalar? ¿Correr? ¿Y no te importa ser mi amiga especial?

Año 2019, Paula vivía como una monja en clausura, pero era consciente de que a través de internet la gente se abría con mayor facilidad. Se mordió el labio inferior porque no le gustaban las etiquetas, esconden algo detrás y normalmente es el precio de antes, más bajo. Le daba mala espina. Amiga especial. ¿Tenía doce años?

—No, no me importa, — mintió con mucha curiosidad.

Él tardaba en contestar.

—Lo dejo claro en el perfil, si te parece mal puedes pasar a otro tío. No hay problema alguno, pero no te voy a contar mi vida. Sólo quiero sexo. Sin compromiso. De buen rollo. Quiero a una amiga especial para quedar de vez en cuando. Pasarlo bien, sin complicaciones, algún día supongo que me casaré, pero no te ofendas, me gustaría que fuera con una chica joven.

Paula pensó en diez formas de decir a ese tipo que era un imbécil.

Sabía que por mucho que las famosas posen con hombres más jóvenes, en el fondo las mujeres 'maduras' son una fantasía, y que para formar una familia desean a una chica joven, a la que luego engañarán porque si ya parten de la base de que para 'divertirse' prefieren a otra...

— ¿Cuántos años tienes, Rodrigo?
— 38, ¿por?
— Eres más mayor que yo— dijo en voz alta una obviedad...
— ¿Y?
— No te entiendo. ¿Crees que una chica de 25 años se fijará en ti para formar una familia?

—Mira, si esto va de feminismos y de otros rollos me bloqueas y acabamos ya.

—Yo no bloqueo, eso es de niños. Pero tampoco me gustan los hombres que piensan que para divertirse existe un tipo de mujer y para tener hijos, otra. Un abrazo y suerte en la vida.

Cerró el portátil y lo dejó ahí en el ciberespacio soltando improperios. No entendía ese tipo de personalidad.

Busco algo que yo no ofrezco (juventud, belleza...) pero deseo otras cosas (sexo, diversión, sentirme pleno...)

Pensó en su personaje: "Pobre Alicia".

El teléfono sonó y vio que era su madre, esta vez no la pillaría desprevenida, además sabía lo de su llamada a Lolo.

Rodrigo formaba parte del pasado, de ese pasado que se estaba evaporando en segundos.

— Hola mamá. ¿Cómo estás? ¿Todo bien?

La voz de su madre sonó más firme que cuando la mandaba a dormir de niña.

—Muy bien. ¿Puedo ir a tu casa este fin de semana? De hecho, ¿puedo quedarme unos días? No muchos.

Pero sonó a orden no a pregunta. Qué podía decir. Un sí como una catedral. En ese momento volvió a tener 9 años y su madre le estaba diciendo: "vete a la cama" con esa mirada que sólo las madres saben poner. Lolo y una jefa

La visita inesperada de su madre, sumió a Paula en un continuo devenir de pensamientos, solía tomarse la vida con filosofía, pero su madre despertaba en ella a esa señora catastrofista que piensa que el mundo se va a acabar cuando termina de ver un informativo.

Le costaba concentrarse, pero no quiso enviar mensaje alguno a Carlos. Tampoco a Lolo y pensó en Marta, igual había alguna película para niños y podían ir al cine los tres.

Se paseó por su diminuta casa mientras sostenía en brazos a Raúl, el cual trataba de escapar sin éxito. Pero su amiga no contestó.

Se miró los pies y movió todos los dedos como si se tratara de una terapia alternativa para relajar su cerebro que iba a mil por hora. Recordó en ese momento a Lolo y un día en el que ambos se compraron unos calcetines con personajes de una serie que les gustaba. Añoró esa época. Cuando podía ser irresponsable, hacer estupideces y fantasear con que él era el amor de su vida.

Una especie de Tom Hanks en Big, donde desea ser un adulto, pero realmente sigue siendo un niño. Quería o necesitaba sentirse así, cómoda con alguien. Era un pensamiento terrible, pero volvió a enviar un mensaje a Lolo, pero no hubo forma de contactar con él.

Sabía que era una egoísta y que sólo deseaba su compañía cuando se sentía sola. Suspiró y miró a Raúl. También pensó en Peter y se odió por no haberle pedido su número de teléfono.

— ¿Te parece que veamos una película buena, buena?

Raúl la miró y por un instante sintió compasión por su esclava. La notaba más triste que en otras ocasiones y le regaló un maullido.

DEMASIADA MUJER PARA UN BUEN CHICO

A la misma hora que Paula tropezó con Peter el dueño de los perros 1, 2 y 3 también sucedió algo nuevo en la vida de Lolo.

Tras una conversación con Luis, e intercambiar impresiones sobre la última película de su director nipón favorito, le sugirió que se abriera un perfil en Tender. Una aplicación que todos conocían menos él.

Le pareció una idea terrible, pero en cuanto se despidieron la buscó y subió una fotografía en la que no se distinguía bien su abdomen. Decidió que elegir una foto en la que aparecía un peluche era una excelente elección.

En la descripción sólo escribió:

"No te voy a poder invitar a restaurantes lujosos. Quizás, tomemos pizza y te invite a ver alguna serie que odies, pero a cambio, aquí tienes a un buen chico."

No era el mejor reclamo, pero tampoco había tenido que describirse nunca.

Aquella semana había sido dura. Los alumnos, la mayoría adolescentes, no estaban por la labor de prestar atención a sus clases por mucho que él pusiera todo su empeño.

Apenas había visto a Paula y sin saber cómo había empezado a cuidar lo que comía. Para empezar, se había prohibido comer hamburguesas y el espejo ya no estaba tapado con una sábana.

Todo lo demás seguía intacto. Ni un sólo peluche se había movido de su habitación y seguía llevando escrito en la frente: friki.

No depositó muchas esperanzas en esa aplicación. Cuando te enamoras como él lo estaba de Paula, el resto de mujeres por muy guapas o interesantes que fueran, no le despertaban ningún interés. A ella la tenía idealizada. Y es muy difícil competir con un amor platónico porque sabía que no era correspondido.

Al llegar a casa, abrió el frigorífico y sacó una ensalada. Le había sobrado del mediodía y también cogió un yogurt. Se sentía desganado y cenó de pie, en la cocina más colorida del lugar.

Lo bueno de Lolo es que siempre se animaba con cualquier cosa por muy diminuta que fuera y recordó unos enlaces a unas figuras que le había pasado Luis.

Cuando miró el móvil vio que tenía varios correos de la aplicación. Le gustaba a una persona. O al menos eso decía aquel mensaje.

Sonrió y pensó en que aquello debía formar parte de una estrategia para que los incautos picaran.
Él no ligaba ni aun quedándose solo en un pub donde hubiera catorce mujeres. De hecho, ni le hacían caso cuando acudía a alguna concentración de manga y si es por afinidad en gustos, allí debía estar la mujer de su vida.

Abrió la aplicación y cuando vio la foto de la mujer que le había dado al 'me gusta', al corazón o a lo que diablos fuera aquello no era otra que Rosa, casi tira el teléfono de la impresión.

¿Esa sofisticada y hermosa mujer había visto esa foto y le gustaba? No es que fueran íntimos, pero estaba convencido de que lo había reconocido.

Ni lo pensó, también deslizó a la derecha la foto de ella, una imagen en la que, sentada en una roca en la playa, con unos vaqueros y una blusa hippie, parecía una treintañera sacada de uno de sus sueños de adolescente.

"Será una broma", pensó. Pero al instante recibió un mensaje:

— Hola, pero ¿qué haces tú por estos mundos de perversión?

Notó cómo la cara se le encendía y el corazón le latía rápido. Nunca había imaginado que ella le hablara en esos términos y menos en un lugar donde se busca pareja o eso dice su publicidad.

— Me ha animado un amigo. ¿Sabes que soy Lolo, ¿verdad?
— Lo sé, lo sé. Y estoy sobria. Estás muy gracioso en la foto.
— Gracias, me ha faltado poner a Doraemon al lado.
— ¿A quién? — preguntó ella, y él se limitó a poner un emoticono.
— ¿Pero tú no estás colgado de Paula? —le espetó sin pensarlo.
En ese momento se sintió abrumado y un poco avergonzado, todo el mundo sabía que seguía colado por su ex, vaya gracia.

—Casi está superado— escribió.

— ¿Te gustaría tomar un café conmigo mañana y me lo cuentas?

Lolo se pasó la mano por el pelo y empezó a caminar. ¿Tomar un café con la jefa de Paula? Sonaba raro, pero también excitante.

—Sí, claro. Dime dónde y nos vemos.

Al día siguiente, Rosa le citó en una cafetería a las afueras de la ciudad. De hecho, tuvo que esperar un rato puesto que él se perdió.

No estaba bajo los efectos de ninguna sustancia extraña cuando habló con él, pero al despertar se había sentido mal por Paula. Algo surrealista puesto que ya no eran pareja, pero sabía que seguían en contacto en todos los sentidos.

Tampoco entendía muy bien el motivo de haber iniciado una conversación con el ex friki de su amiga, pero algo en su interior le decía que eso chico era pura ternura y algo más.

Cuando por fin lo vio entrar lo miró de arriba abajo. Había perdido peso y físicamente era atractivo. El antihéroe que tanto gusta en las películas.

Él estaba nervioso y no supo cómo saludarla así que se sentó y le sonrió mientras cruzaba las manos.

— Me has citado en el final del mundo— y con mirada tierna, le sonrió.

Rosa se echó a reír y se inclinó para darle dos besos.

—Sí, tienes razón. Pero te soy sincera, pensé que aquí estaríamos bien y sin posibilidad de encontrarnos con nadie, ¿te molesta?

¿Molestarle? Tenía frente a él a una diosa y no había cámaras ocultas.

Sabía que lo decía por Paula, pero en ese momento sólo podía pensar en ellos, aquel lugar que ni recordaba cómo se llamaba y en esos ojos que le ponían nervioso.

— ¿Por qué estás en esa página? No creo que tengas problemas para conocer hombres, eres una mujer muy atractiva— y carraspeó demasiado fuerte.

— Es una forma como otra de conocer a alguien. Además, ahora parece que todo lo han inventado los millennials, estas páginas existían hace veinte años. Pero la pregunta es: ¿Y tú?

En ese momento se acercó la camarera y Lolo se sintió salvado por su desganado: "Qué quieres tomar".

Esos segundos le sirvieron para contarle que un amigo se lo había recomendado y que en cierta forma era consciente de que lo de Paula era un amor platónico.

Cuando su bebida llegó la tomó de un trago y Rosa sintió una ternura y atracción por ese tipo al que tanto había criticado.

—A veces nos enganchamos a personas como si fueran ideales y quizás lo son, pero no para nosotros— dijo Rosa.

—Cierto. Sé que la voy a querer toda la vida, pero no puedo pasarme los años esperando a que tenga un problema con Marta para que venga a casa.

Rosa intuyó que debía cambiar de tema. Y no se le ocurrió otra cosa que hablar de alguien a quien los dos conocían bien, Marta que ahora les unía también.

Cuando Lolo estuvo al tanto de que le había sugerido que cumplieran 10 fantasías sexuales de lo más imaginativas, se echó a reír.

—No te rías, malvado. Estoy ayudando a una pareja a que retomen la pasión previa a ser padres. Lo que no sé es si serán capaces de cumplirlas todas.

—Estoy seguro de que sí. A nosotros nos gustan esas cosas. Eres muy creativa.

Se hizo un silencio.

Y aquellos dos seres que se conocían sin conocerse, comenzaron a sentir tantas cosas en unos minutos que lo lógico fue que acabaran atrayéndose como dos imanes a un frigorífico.

¿Qué podían tener en común un profesor de matemáticas con alma de adolescente temeroso y una mujer que saboreaba la vida sin miedo a nada?

La química tiene una explicación, atracción física. ¿Lo demás? El tiempo lo diría, por lo pronto, Rosa decidió invadir Escocia tras haber acabado con Alemania.

LAS MADRES SIEMPRE VUELVEN EN OTOÑO

La madre de Paula llegó como el otoño, sin avisar cuando todavía vas en sandalias y un escalofrío te recorre el cuerpo mientras esperas el autobús de buena mañana.

Fue un viernes cuando llamó a su hija para pedirle que fuera a recogerla al aeropuerto.

Durante el trayecto, Paula no salía de su asombro: su madre jamás ha volado. Su madre jamás ha improvisado.

¿Qué demonios le habrá sucedido para dejar la comodidad de su casa y su rutina para venir a Madrid? Ella odia la capital, de hecho, detesta cualquier ciudad que no sea la suya.

Mientras esperaba que un semáforo en rojo cambiara se dio cuenta de que sentía una molestia en el estómago. Imaginó que era una mala hija, pero pensar en compartir su pequeño piso con su madre le parecía de una crueldad absoluta.

Nunca se habían entendido. Su vida no era como la de las series americanas. Jamás nadie dijo en su casa: "Reunión familiar", ni recibió un halago por su parte cuando se arreglaba o se cortaba el pelo.

Sus padres le dieron una educación, la alimentaron y le ofrecieron un techo hasta que se marchó a estudiar fuera. Sabía que la querían, pero tenían una forma de demostrarlo un tanto sospechosa.

Cuando llegó al aeropuerto tomó varias respiraciones. De repente frenó en seco y pensó en el color de su pelo. ¡Dios santo, ni que tuviera dieciséis años! Con paso firme se dirigió a la puerta principal y la vio a lo lejos.

Le parecía que había encogido. Una mujer con un cuerpo de reloj de arena, media melena rubia y un semblante diferente al que estaba acostumbrada. Su madre parecía triste, como uno de esos perritos que vienen a la tienda de mascotas y no les apetece quedarse allí sin sus dueños en el hotel.

— Mamá, mamá— gritó mientras se acercaba a esa mujer con aspecto de animalito abandonado, y sin contestar, su madre se limitó a abrazarla tan fuerte como pudo.

Paula disfrutó de ese abrazo y no pensó en nada más. De hecho, durante el trayecto hasta su casa ninguna habló. Con la mirada se lo dijeron todo. Algo no iba bien entre sus padres y su madre había decidido que su hija la salvara.

Instalarse le llevó poco tiempo porque poco era el equipaje que llevaba. No hubo críticas ni comentario alguno respecto al orden o desorden de las habitaciones, ni al hecho de que llevara el pelo de color como si fuera una adolescente.

Incluso Paula la pilló acariciando a Raúl, al que no le gustan demasiado ese tipo de demostraciones de afecto.

— ¿Sigues El secreto de Feriha? — preguntó su madre rompiendo por fin su silencio.

Había cogido a Raúl en brazos y los ojos le brillaban.

— No sé qué es eso. ¿Alguna serie? No veo mucho la televisión. ¿Quieres verla?

— Pues yo me he vuelto adicta. Sí, es una serie turca igual te gusta.

Y como si toda la pena que cargaba en sus hombros hubiera desaparecido, su madre corrió a la habitación a cambiarse de ropa y apareció descalza.

— ¿Preparamos algo de cena y la vemos?

¿Qué le puedes decir a tu madre ante semejante plan?

Y sin saber muy bien cómo, Paula acabó sentada frente a la tele, al lado de su madre, como cuando era niña, viendo una serie tipo culebrón, pero ambientada en Turquía que por lo visto tenía millones de seguidores.

—Es una novela, pero estas cosas pasan en la realidad, vaya si pasan..., — musitaba su madre de vez en cuando.

Paula no podía evitar mirarla con dulzura y pronto se acostumbró a su presencia y al ritual nocturno de ver la serie junto a ella. Entre los diálogos de los actores, madre e hija insertaban los suyos.

—En el fondo, la diferencia de clase sigue todavía presente, una pena...

— ¿Has visto cómo la mira? Está enamorado, pero el orgullo le pierde, y el miedo.

— ¿Por qué somos tan malas entre las mujeres? — y la indignación recorría cada parte de su rostro mientras miraba a su hija sin esperar respuesta.

Y así, sin pretenderlo, ambas se comunicaban y disfrutaban de una dramática historia de una chica pobre enamorada de un chico rico.

Durante unos días, estuvo desaparecida.

De hecho, le pidió a Rosa, una semana más de vacaciones que le debía y dadas las circunstancias, su jefa fue mucho más amable que de costumbre.

Era la primera vez en mucho tiempo que hija y madre desayunaban juntas. La mesa de la cocina era tan pequeña que no les quedaba otro remedio que mirarse a los ojos.

Allí no había televisión, sólo el ronronear de Raúl que había desayunado antes y tomaba el sol junto a la ventana.

— Mamá, ¿por qué has dejado solo a papá? — preguntó Paula y acto seguido le dio un sorbo a su bebida de soja.

Su madre la miró con resignación (que no sorpresa) y se lo contó con naturalidad:

—Tu padre se acostó una noche normal y se levantó viejo.

La frase dejó sin palabras a Paula y pensó que su madre era muy buena para escoger titulares. Pero cuando volvió en sí y recapacitó, se preguntó: ¿Su padre un viejo?

La mujer cogió su café y se levantó, Raúl le hizo un hueco y miró por la ventana ese sol otoñal que le hacía sentir viva.

—Es como si todos estos años hubiera tenido un plan secreto. Y cuando se jubiló buscó un uniforme que representaba a esos hombres que ya no necesitan vivir más experiencias y no parece él. Tampoco es que fuera James Bond, ni yo 10, la mujer perfecta, pero tu padre... —suspiró Tú padre está muerto en vida. Lo más divertido que me ha planteado es ir a uno de esos viajes con los viejos... ¿Tú sabes lo que significa para mí levantarme y saber lo que va a pasar cada día?

—No tenía ni idea mamá. Pensé que papá estaba enfermo. Pero ... ¿A ti te gustaría hacer otras cosas?

Como si un viento la hubiera empujado, su madre se giró y la miró con cara de sorpresa:

— ¡Claro! ¿Crees que me gusta vivir la vida a través de las novelas? Yo quiero viajar. Me he pasado toda mi vida trabajando, desde niña. Creí que en esta etapa si gozaba de salud, los dos haríamos todo lo que soñábamos. Tampoco necesito irme de safari, pero no deseo ver a tu padre con gorra y con los amigos jugando al dominó hasta el día de mi muerte.

De repente, la hija empezó a sentir cierta antipatía hacia su padre y tuvo ganas de abrazar a su madre, pero Raúl se incorporó y le rozó las piernas con su cabeza, la mujer sonrió y se agachó a acariciarlo.

—Mamá, ¿te gustaría que pasáramos el día fuera y hacernos fotos tontas? —fue lo primero que se le ocurrió.

La mujer le sonrió como si fuera una amiga adolescente a la que le proponen hacer algo prohibido por los padres y asintió con ojos chispeantes.

— Sí, si me prometes que me pondrás Los Flechazos por el camino.

Paula rio como cuando tenía quince años y decidió que ella quería ser una chica mod y sus padres no sabían si llamarle la atención o darle un beso al ver su look sesentero.

Y así comenzó una jornada que las llevó al Retiro. Su madre nunca había estado en ese lugar maravilloso y Paula se sorprendió cuando quiso montar en una de las barcas.

Sintió que en ese breve espacio de tiempo la estaba conociendo más que en todos los años que compartieron techo.

Detrás de esa mujer de carácter firme, había una devoradora de historias románticas turcas con deseos de exprimir la vida.

— Nena, ¿qué te pasa a ti con las novelas románticas de la tele? No te creas que no me doy cuenta de que te ríes en algunas escenas — le preguntó su madre que obviamente le leía el pensamiento como todas las madres.

—Nada —contestó ella mientras remaba sin saber en qué dirección iban. —Creo que el romanticismo ya no existe. Ahora, todo van tan rápido que hasta el amor tiene fecha de caducidad, los hombres se cansan de ti y viceversa, pero no soy una amargada.

—Hazme una foto— le pidió su madre agarrando los dos remos con un gesto gracioso.

Paula obedeció y le hizo cuatro. Luego le cedió el teléfono a ella y posó poniéndose bizca.

—Yo ya sé que la gente se casa y se divorcia a la misma velocidad que se cambian de ropa, pero no es en esa gente en la que te tienes que fijar.

— ¿Me fijo en los protagonistas de las novelas? — preguntó Paula con una sonrisa tierna.

—No te rías de mí, nena. Sólo te digo que el amor existe. Ahora mismo no soy la más indicada para dar consejos, pero por muy modernos que creáis que sois, en el fondo a todos nos gusta que nos quieran y querer — y dicho esto le pidió a su hija que volvieran, ya había experimentado lo que significaba montar en barca.

Una vez pisaron tierra firme, su madre prosiguió con su particular filosofía sobre el amor, las novelas, la realidad y la necesidad de querer.

— No soy joven, lo sé. Pero observo. Llevo muchos años tras un mostrador y te digo que a los jóvenes el tema del amor es algo de lo que avergonzarse, como cuando te gusta un cantante, pero jamás dirías en público que lo oyes.

El símil le gustó y la miró con intriga.

— ¿Tienes un cantante en una lista negra? En casa poca música he escuchado. En mi habitación sí... ¿Quién es?

Su madre se ruborizó.

—Raphael.

— Mamá, pero Raphael es un gran cantante.

—Eso dicen ahora, pero hubo una época en la que muchas amigas no podían verlo actuar, oírlo cantar sí y yo me moría por ir a un concierto. Tu padre sabe este secreto, pero jamás le ha dado importancia. Nunca lo he visto y es uno de esos sueños que deseo cumplir.

Aquella visita estaba dando mucho de sí. ¿Raphael? Ese hombre era incombustible y siempre está rodeado de músicos jóvenes, Paula cree que para alimentarse de su juventud porque talento le sobra.

— ¿Y cuál es tu canción favorita, mamá? —preguntó mientras la agarraba por el brazo.

— Hablemos del amor —y al pronunciar el título se le erizó el vello porque se abrazó como si tuviera frío.

LAS CHICAS BUENAS SON LAS PEORES

Marta bailaba con el niño al ritmo de los Manic Street Preachers, en mitad del salón-discoteca. Daban vueltas al compás de Roses In The Hospital. Antonio los miraba mientras se llevaba la mano a la boca para esconder una sonrisa.

— ¿Crees que le gusta? — preguntó por fin.

— ¡Menudo susto me has dado! —exclamó ella, sudando —No sé, pero quiero que cuando vengan mis padres esté cansado y así no dé mucho la lata.

Las notas de la canción le llevan a pensar en una idea 'terrible' cancelar la fiesta y hacer el amor con su mujer por toda la casa. Pero pensó en la lista.

La famosa lista que les pasó Rosa. Al principio se enfadó y creyó que era un ataque a su masculinidad.

Pero como era un buen tipo, y en el fondo, morboso, consideró que cumplir con esa receta que les había mandado esa falsa doctora, tampoco tenía nada de malo, al fin y al cabo, nadie se iba a enterar.

La lista consistía en propuestas para hacer el amor en lugares en los que nunca lo habían probado, hasta ahí todo muy normal.

Pero a la vez, sugería otros juegos donde entraba el riesgo de ser pillados, hacerlo en público, o llevar hasta el extremo la excitación del otro con mensajes de alto voltaje o vídeos que eran desactivados como una bomba tras disfrutarlos.

Aún no habían cumplido con todos los puntos de la lista y ya se sabe, cuanto más practicas, más ganas hay de jugar y Antonio estaba tan juguetón que dio gracias mentalmente cuando sus suegros aparecieron y se llevaron a su hijo.

Había tiempo para solucionar algunos detalles de la fiesta, además, era algo pequeño entre amigos. Por fortuna, Marta había dejado de lado a esa maniática que se obsesionaba hasta por la forma de colocar las servilletas.

Antonio, abrazó a su mujer por la espalda, mientras ella buscaba en el armario qué ponerse tras la ducha que necesitaba.

Marta se revolvió 'molesta' pero no resultó muy convincente, pidió que la dejara, que estaba sudada y dijo las palabras mágicas. ¿Había algo más excitante para su hombre que acariciar su piel así?

En su caso, las primeras ideas o sugerencias de la lista le parecieron una locura y ella no sabía si podría cumplirlas, pero justo al lado de:

- Hacerlo en un aparcamiento de noche, escribió: HECHO.
- Masturbarte, mientras te grabas y enviárselo a tu marido: HECHO.

Por esta razón, que la estuviera acariciando como si fuera un gorila en celo, tampoco le asustaba tanto como pretendía hacerle creer; en el fondo, aquella loca de Rosa, había despertado los instintos más básicos de esos dos y a veces pensaba que debían pagarle porque ni una sexóloga hubiera tenido tanto éxito como aquella bendita lista.

Acabaron en el suelo, y mientras la música de los Street Preachers sonaba en el salón, él se convirtió en un rudo galés que, al llegar a casa tras picar en la mina, deseaba una cerveza en un pub y tener el mejor sexo con su mujer.

De hecho, se imaginó que estaban bajo la lluvia en el campo, él sucio y con ropa de trabajo metiendo mano a su mujer como si hiciera un año que no la veía.

Por la mente de ella sobrevolaron párrafos del libro que odiaba Paula y de repente le parecieron una soberana tontería y le dio por reír, Antonio la miró durante un segundo y su risa le pareció aún más atractiva que de costumbre y regresó a ese prado.

DOS HOMBRES INDECISOS Y UNA FIESTA

Peter frente al espejo hizo un puchero. Agradecía la invitación a la fiesta, pero hacía tiempo que no sabía qué significaba la palabra ocio.

Sin querer evitarlo pensó en Paula. Y en lo estúpido de su comportamiento con ella. Pero hay ciertas razones que sólo el que las conoce sabe que son de peso. ¿Cómo iba a seguir conociendo a esa chica que le había gustado desde el minuto uno?

Desde que fallecieron sus padres tenía la sensación de que persona a la que quería, persona que desaparecía de su vida. Y ella tenía todas las papeletas para que él se dejara llevar y no podía permitírselo.

Pasó su mano por el pelo alborotado y se dio la vuelta al sentirse observado. Sus tres 'pequeños' lo miraban con curiosidad, llevaba un buen rato haciendo gestos. Pensaba en de qué demonios hablaría.

¿Sus aficiones? No tenía. ¿Deportes? No le gustaban. ¿Su trabajo? ¡En una fiesta no se habla de trabajo o todos creerán que eres un pedante o un aburrido!

— ¿Les hablo de vosotros? ¿De que os coméis parte de mi sueldo? — y los miró con dulzura.

Los tres ladraron, obviamente ellos eran lo más importante y al sentir las manos de su amigo en sus cabezas le regalaron su ración de lametones que hicieron que por fin se relajara.

De fondo sonaba Stereophonics y al compás de Maybe Tomorrow se vistió con más resignación que alegría.

Lolo llevaba diez minutos con el móvil en la mano. No sabía si debía llamar a Rosa o si ya se verían en la fiesta.

Durante esas dos últimas semanas desde el encuentro en la cafetería se habían visto a diario, pero siempre en lugares ajenos a los que solía acudir con Paula, tampoco le preocupaba ese juego de mantener lo suyo en secreto, tenía su lógica, pero qué debía hacer en la fiesta. ¿Enviarle wasaps?

Ni siquiera se había preparado y por primera vez se planteó si una camiseta con Doraemon sería lo adecuado, aunque por encima llevara una camisa a cuadros de color marrón, le echó un vistazo a la ropa que estaba sobre la silla de su escritorio y resopló.

Hasta ese instante quedar con Rosa había sido sinónimo de soltar a borbotones todos sus secretos y ella había hecho lo mismo con él.

Sin olvidar que había tenido el mejor sexo.
A Paula la quería y le parecía sexy pero Rosa venía de otro lugar, de uno donde ella era la reina, la presidenta y probablemente la ama de toda una galaxia.

Besarla era sinónimo de querer arrancar cada pieza de ropa, a veces con tiento y otras con tanta ansiedad como si fuera un adolescente que tiene frente sí a una mujer desnuda por primera vez.

Estaba loco por ella, pero sólo eran unas semanas... Relación no se le podía llamar. ¿Amor a primera vista? ¿Enajenación mental transitoria?

¿Y si sólo era sexo? No pudo evitar soltar un "Guau" y enviarle un mensaje:

— ¿Nos vemos en casa de Marta o me escondo en el maletero de mi coche?

La respuesta no tardó en llegar.

— Hola, voy a llegar un poco tarde, mejor ve tú primero, nos vemos allí. Un beso.

Lolo no contestó.

CON MAMÁ LLEGÓ EL ESCÁNDALO

Si sus vecinos no la tuvieran por una chica responsable, aquella tarde ya habrían llamado a la policía. Porque en casa de Paula el mismísimo Raphael parecía estar allí cantando para todo el vecindario.

Sólo a ella se le podía ocurrir, primero: enseñarle a su madre a crear una lista en Spotify y segundo: agregar canciones de Raphael.

Obviamente, Hablemos del amor había entrado en bucle.

"Hablemos del amor una vez más, que es toda la verdad de nuestra vida, paremos un momento las horas y los días y hablemos del amor una vez más..."

Y no pudo evitar que Perfect y todos sus ídolos musicales de la escena británica, fueran barridos por ese temazo que le hacía cantar a pleno pulmón al ducharse o moviendo los labios si se encontraba en la calle.

No sabía qué tenía esa letra o si era la forma de cantar en especial que tenía el cantante, que era oírla y entrarle ganas de o bien enamorarse o de ir a un karaoke para desahogarse sin que ningún oído cercano resultara perjudicado.

Su madre andaba por la casa levitando y sonriente, encontró el libro que había empezado su hija y les echó un vistazo a las anotaciones.

—Nena, ¿vas a publicar esto? — le preguntó a sabiendas que se estaba duchando.

Pero Paula la oyó y cantó más fuerte para evitar una respuesta. No podía confesar que sentía pavor a retomar esa historia.

Y la razón no era otra que su madre había llegado a su vida para recordarle que todo lo que ella consideraba innecesario era en el fondo lo que deseaba.

Envuelta en un albornoz gigante que compró por internet (ella y su manía de odiar probarse ropa) se acercó hasta la fan de Raphael.

—Cantas muy bien, nena —le dijo su madre que parecía haber rejuvenecido diez años — ¿Qué me dices del libro, ya no escribes?

—Mamá... —y la miró a los ojos extendiéndole una mano cantando a pleno pulmón: "Qué nos importa, qué nos importa aquella gente que mira la tierra y no ve más que tierra", mientras daban vueltas.

Las risas inundaron el piso y la respuesta quedó en el aire.

— ¿Qué crees que me queda mejor? Éste o éste— y la llevó bailando hasta su armario donde había dos vestidos (ambos eran negros) y propios de una buena chica mod.

Su madre sólo pudo decir lo evidente:

—El azul va con todo— y le dio un beso en la frente como cuando era pequeña. — Hija, un día de estos me tendrás que explicar cómo es que vistes como cuando yo era joven. ¿Hasta cuándo se es mod?

Paula había vivido con esa sensación toda la vida, la de tener que explicar quién era, por qué vestía de aquella forma y, sobre todo, cómo era posible que le gustara "esa música".

Lo mod tiene que ver con el buen gusto y la elegancia y con una década apasionante: los 60. Y lo mejor de todo, era atemporal.

LOS CHICOS BUENOS SON LOS PEORES

Cuando concluyó su aventura en las verdes montañas galesas, estaban tan exhaustos que se durmieron en el suelo. El ruido de un coche que pasó cerca a demasiada velocidad hizo que los dos dieran un respingo.

— Ay por favor Antonio, que nos hemos dormido. Eres, eres...— y acabó dándole un beso mientras él la ayudó a incorporarse.

La miró divertido con esos andares tan graciosos y sensuales de su mujer embarazada y sexy a más no poder.

—Cancelemos la fiesta, aún es pronto— le dijo mientras oía cómo salía el agua de la ducha.

Se desperezó y desnudo sobre el parquet le hizo gracia pensar que en un par de horas estaría la casa llena de gente que ni imaginaría lo que en esa habitación acababa de suceder.

La idea le excitó y pensó en la lista. Pero también se levantó para acompañar en la ducha a Marta, había que ahorrar tiempo.
...

Peter no tenía por costumbre perderse, pero el GPS aquella tarde estaba de mejor humor que él y con guasa jugó a volver loco a aquel humano.

Después de varias vueltas y algunos tacos en inglés, acabó en una calle que por lo visto era la indicada pero no encontraba la casa y la avenida era interminable.

Mientras esperaba que un semáforo en rojo cambiara, observó a una mujer de largas piernas que cruzaba el paso de cebra, era inevitable mirarla, pero cuando volvió a mirar a la luz roja vio a un chico con una camiseta de Doraemon y camisa oscura que parecía seguirla.

—Qué pinta de pervertido —dijo en voz alta. Llevaba la música a un volumen lo suficientemente alto para decir lo que pensaba, aunque ese tipo le sacara dos cabezas. Además, el dibujo de la camiseta le hizo recordar su tatuaje y aún se convenció más de que era un salido y además un friki.

Peter no tenía buen ojo para juzgar a la gente, su enfado con el mundo le hacía pensar que las mujeres le dejarían y que los hombres eran idiotas. Excepto Matías y su hijo, el responsable de que él estuviera en mitad de aquella carretera donde las casas parecían sacadas de una serie de los 50 norteamericana.

Paula ya se encontraba cerca del hogar de los viciosos de la lista. Al final un vestido negro que le quedaba por encima de las rodillas y unas sandalias con brillo que jamás habían salido de su zapatero, completaban el look.

Su peinado había consistido en que su madre tratara de hacerle un recogido, decir que no diez veces y al final acabar con todas esas horquillas en el bolso y parecer que se había peleado con un gato, uno muy diferente a Raúl.

Permanecía dentro del coche tarareando el nuevo número uno de su lista de canciones favoritas, mientras trataba de cepillar su melena.

Cuando se afanaba en eliminar una onda, vio a Lolo. Primero sintió el impulso de hacerse notar y llamarlo, pero sin saber la razón pensó que era mejor verlo en la fiesta, al fin y al cabo, llevaban semanas sin saber el uno del otro.

Su móvil empezó a croar y de un vistazo leyó: Carlos.

"Hola Pau, ¿qué hará hoy una chica tan guapa siendo sábado? Seguro que estás con el libro. ¿Escribiendo desnuda tal vez?"

Cuando leyó las últimas palabras se sintió molesta. Nada nuevo bajo el sol, siempre que le hablaba en ese tono cuando ella no estaba por la labor, le parecía un baboso, pero a los poco minutos recordaba que a ella también le gustaban esos juegos.

Se miró una vez más al espejo y consideró que el pelo ya estaba presentable y que definitivamente el azul tenía que salir de su cabeza y de su vida... y tal vez Carlos también.

"Estoy haciendo tiempo, me esperan. Voy a una fiesta", escribió y guardó el teléfono en el bolso, ya era hora de entrar y echar una mano a la pareja anfitriona.

Cuando salió del coche su bolso sonó, pero no tuvo ganas de responder. Aquella tarde no. Aquella tarde tocaba divertirse o al menos, intentarlo. Si su madre era capaz, ella también.

Y no se equivocaba, su madre había comprendido que, si su marido no quería unirse a ella en su idea de exprimir cada día y disfrutar, no se iba a quedar quieta. Mientras su hija estuviera en aquella fiesta, iría a dar una vuelta, quizás al cine.

Sentada con Raúl en su regazo, una imagen que debía ser captada para la posteridad, dudó. ¿Cine o leer el libro de su hija? Sentía curiosidad, al fin y al cabo, no había hecho mucho caso de lo que Paula les contaba respecto a libros que acabara de leer y mucho menos a algo que ella hubiera escrito.

— ¿Soy una mala madre? —le preguntó al gato.

Raúl le puso las patas en un hombro y bostezó. Estaba claro que lo de su esclava era genético, pero aquella humana le hacía sentir bien, como cuando se tumbaba al sol a la hora de la siesta así que frotó su cabeza contra su mejilla. ¿Sería suficiente como respuesta?

Cuando preparada con las gafas se dispuso a leer la obra maestra de su hija, el teléfono sonó.

En esos días se había convertido prácticamente en una millennial de 65 años y deslizó el dedo por la pantalla sin que le entrara una taquicardia.

— ¿Maite? — preguntó una voz grave masculina.

Era su marido. En esas semanas no había dado señales de vida, y ella daba por hecho que su ausencia tampoco le parecía un gran drama.

Con un movimiento inconsciente puso el teléfono boca abajo en el sofá, sin saber qué hacer. Raúl había huido de la habitación, su ración de dócil mascota ya había superado su cuota.

Entonces recordó la aplicación donde estaba la canción y pulsó el play.

Y así, entre el vozarrón de Raphael y su silencio, Luis, el padre de Paula no supo ni qué decir ni cómo reaccionar.
Su mujer le deja una nota por la noche donde le dice que tiene que pensar y se va a casa de su hija. No estaba acostumbrado a ese comportamiento impulsivo y no pudo hacer otra cosa que respetar su espacio, pero la había llamado y ahora le cantaba Raphael...

Finalizó la llamada. Maite soltó el aire que había estado conteniendo como en la clase de yoga por la boca y Raúl dio un brinco en la cocina.

Y como si no acabara de recibir la llamada de su marido, siguió con el libro. Sintió que alguien no dormiría bien aquella noche y se tumbó en el sofá satisfecha.

— A ver si espabila —gritó al techo.

Si a la madre de Paula le hubieran propuesto que se lanzara en paracaídas en aquellos momentos hubiera dicho que sí y repetiría, se sentía poderosa y libre.

Quería a su marido, pero no al actual, necesitaba que regresara el otro, con el que se casó, y a poder ser sin gorra ni partidas de dominó.

Cerró los ojos y visualizó todos los momentos que habían pasado durante su matrimonio. Y cómo quería a ese hombre con aspecto rudo, pero cariñoso con ella en la intimidad. Recordó cómo le molestaban las muestras de afecto en público.

Pero había llamado...

— ¿Por qué has venido antes locuela? ¿No has traído a Raúl? —aquello se lo preguntó Marta mientras le abrazaba con suavidad.

— Porque estás embarazada y pierdes el control cuando hay una fiesta —pero al entrar notó que la casa no estaba decorada como en otras ocasiones, sin embargo, se escuchaba una música de ambiente que no tenía nada ver con lo habitual. Agudizó el oído: ¿Los Manic?

Antonio se levantó del sofá y también la abrazó. Ipso facto los dos se cogieron de la mano como si acabaran de empezar su relación, Paula dio un paso atrás y les miró de arriba abajo.

Con los labios dibujó la palabra: "Salidos"

Y tras reír con ganas le dijeron: "Gracias por todo"

— ¿Quién viene? —preguntó Paula mientras "arreglaba" uno de los tantos cojines que había en aquella casa.

—Somos pocos, tú, Rosa —y Marta le guiñó un ojo— creo que viene con un nuevo novio, no me ha dado muchas explicaciones la verdad y... ¿cómo se llama el amigo de tu padre?

—Peter – respondió Antonio mientras elegía música para dar ambiente.

La cara le cambió. Peter. Peter y sus tres perros. Peter y su mano sacándola entre cajas en mitad del supermercado. Peter que tiene alergia al amor. Sería otro. Imposible un final tan fácil y feliz. Sin decir nada le pasó un cd a Antonio.

— Otra que se niega a aceptar que vivimos en el siglo XXI, ¿De dónde habéis salido?

— Tu mujer no lo sé, pero yo de una película de los 50 o 60, vivo atrapada en esta realidad llena de aplicaciones para oír música, la música se escucha en vinilo o como mucho en un cd, parece mentira que tú no lo sepas— y se hizo la ofendida.

Mientras Paula trataba de convencer por enésima vez a Antonio sobre las bondades de la música de la década de los 60, que el movimiento mod es la forma más elegante de llegar a mayor, tanto en lo estético como en el gusto musical, dos personas ajenas a ese tipo de debates jugaban al gato y al ratón.

Rosa caminaba a buen ritmo, había dejado el coche lejos a propósito, le gustaba caminar y estaba algo nerviosa, los encuentros con Lolo le habían parecido algo natural hasta aquella tarde.
¿Qué pasaría con Paula cuando los viera? No se la imaginaba montando una escena de celos, pero tampoco era un plato de buen gusto.

De repente, sintió que era una impostora, una mujer atractiva, pero con demasiada edad como para andar con un treintañero, se enfadó y dio un taconazo en el suelo. Después, miró a ambos lados y continuó caminando.

Lolo estaba tan cerca de ella, que si hubiera tenido poderes mentales le habría leído la mente, porque el taconazo lo escuchó perfectamente.

No era estúpido, sabía que le evitaba y que quizás desearía que él cogiera la gripe A, B o Z con tal de no aparecer por la fiesta. Por su parte no pensó mucho en Paula.

La conocía bien y sabía que además de no tener sentido que se sintiera molesta, se alegraría. Pero por lo visto, aquella diosa con la que había perdido hasta peso, sólo podía pensar en ella y trabajar. Verla cada vez que era posible y hacer el amor hasta caer rendido eran sinónimo de felicidad.

Ni lo dudó.

— ¡Hola! —dijo no muy fuerte porque les separaban cuatro abrazos.

Rosa se giró y posó la mirada en aquella camiseta de Doraemon, luego en la chaqueta y finalmente en ese pelo pelirrojo. Si tenía dudas, algún temor de herir a Paula todo se borró de su mente cuando lo tuvo delante.

Sin pensar dónde se encontraban, se besaron.

La diferencia de estatura esta vez se vio compensada por los tacones de vértigo que llevaba, pero para sorpresa de él, se los quitó y se subió al bordillo de un jardín, le encantaba sentir que la miraba desde las alturas y él, no estaba para muchas preguntas. Desde esa posición pudo revisar la lencería que llevaba bajo ese vestido ceñido y con un generoso escote en uve.

— Nos van a ver...— murmuró ella.
— Soy pelirrojo a mí se me ve enseguida.
— Qué tonto eres, ¿no te preocupa que aparezca...?
— Lo que me preocupa es dónde podríamos hacerlo antes de entrar a esa fiesta juntos, no es la boda de ningún Duque.

Y esa respuesta, excitó a Rosa hasta tal punto que lo cogió por las solapas y con los zapatos en la mano, deshicieron el camino hasta su coche.

Por lo visto, aquella tarde iba a volver a los veinte años cuando el asiento de atrás era el lugar más excitante para montártelo con el novio de turno, sólo que esta vez, no era necesario y eso lo convertía aún en algo mejo

¿TE GUSTAN LAS FIESTAS?

Siempre le había gustado ese chico. Con dos carreras, con las ideas claras y divertido, al menos a ella le hacía reír. Así que cuando Carlos tocó al timbre, no dudó en abrir y al tenerlo enfrente lo abrazó como si fuera un hijo.

Qué de sorpresas le estaba dando Madrid.   El yerno perfecto llevaba dos días en la ciudad, pero había necesitado uno para reponerse del viaje. Y ahí estaba, dispuesto a reconquistar a Paula.

Lo sé, si esta santa hubiera sabido el pasado y presente del 'príncipe azul' no le hubiera ofrecido ni una taza de café o mejor aún, se la hubiera tirado en los pantalones.

— ¿Y cómo te van las cosas por Chile?
Él, que ya se había acomodado en uno de los sofás, hizo el ademán de acariciar a Raúl, que despreció al invitado yéndose a la cocina.

— No me   quejo, me va bien, pero echo menos muchas cosas, sobre todo a su hija —y puso esa mirada que sólo las madres se creen, la de futuro buen yerno.

—Pues es una pena si vas a estar unos días nada más, que no os veáis, está en casa de Marta. ¿Te acuerdas de ella? Si apareces yo creo que le vas a dar una sorpresa enorme.

Él tomó un sorbo de café y sonrió. No le seducía el escenario, se le daba mejor actuar con menos público, pero no le quedaba otra. Estaría en España sólo unos días y aunque tenía una falsa imagen de canalla, en el fondo estaba nervioso.

Nunca le había sido infiel a su mujer, pero Paula era su debilidad. Ya era hora de romper con ese juego de pantallas. Sería ahora o nunca. Así se lo había propuesto. ¿Si quería a su esposa? En realidad no.

Formaban uno de esos matrimonios 'salvavidas' donde ambos se apoyaban en un país extraño, donde aún no habían logrado hacer amigos de verdad. No había magia, ni complicidad, tampoco una amistad, sólo rutina y costumbre. Era grato regresar a casa y encontrar una cara conocida. Lamentable, pero cierto.

Su fama de seductor se reducía a mirar a sus compañeras de trabajo y tontear con Paula, ella sí le gustaba de verdad y por qué no reconocerlo, se arrepentía de haber dado el sí quiero a la mujer equivocada. Probablemente ella también pensaba que él era una equivocación.

Hay personas que, aunque quieran evitarlo, hacen entradas triunfales en las fiestas, o en un restaurante, o cuando caminan por la calle. Carlos era muy atractivo. Ese tipo de hombre que conserva rasgos aniñados mezclados con una mandíbula ancha.

Se había acostumbrado a vestir con traje a diario y ya no podía deshacerse del uniforme. En realidad, le gustaba y le hacía creerse el papel de seductor que le habían impuesto.
Paró en un semáforo en rojo y miró al asiento del copiloto. Contempló una rosa que había comprado para ella. Cuando fue a cogerla se le cayó. Sí que estaba nervioso. ¿Cómo debía sentirse uno si iba a volver a ver a una mujer que le volvía loco? Ni cuatro años eran suficientes para preparar ese momento.

Ajena a la rosa, al yerno perfecto, al ex que venía acompañado de su jefa y mejor amiga, incluso de que se encontraría con el chico del supermercado, Paula estaba sentada al borde de la piscina con los pies dentro del agua.

Abrió el bolso para mirar si el pintalabios seguía en su sitio y su mano tropezó con el objeto del desconocido. Qué memoria la suya. Seguro que era importante para aquel chico y no había movido un dedo.

La 'culpa' era de su madre, los cambios que había supuesto y… era despistada.

Cuando lo tuvo entre sus manos lo miró con detenimiento. Se trataba de un precioso reloj de bolsillo. No parecía uno de los que venden en internet, tenía solera.

Por unos segundos pensó que quizás debía quedárselo. Lo cogió por la cadena y lo movió como si fuera un péndulo encima del agua.

En ese momento, Peter que seguía con menos sentido de la orientación que su GPS, apareció y como se sorprendió al verla, quiso hacer algo estúpido no sabía muy bien el porqué.

Caminó despacio y le dijo al oído "hola".

¿Resultado? Un sobresalto de Paula y un bonito reloj en el fondo de la piscina.

— Pero ¿qué te pasa? —no pudo evitar gritar. Si había algo que detestaba eran los sermones y la gente que hacía ese tipo de cosas.

Peter demostró que su piel podía llegar a niveles de color rojo inimaginables. Le pidió perdón en español, en inglés y quizás en algún dialecto que desconocía.

Se sentó a su lado y ella al ver su cara a punto de estallar, se calmó. Miró a la piscina, lo miró a él y le dijo:

— ¿Pero... tú venías a esta fiesta? ¿Conoces a mi amiga? ¿Sabes que se me ha caído un reloj que no es mío ahí? — y señaló un fondo azul turquesa.

Peter sonrió y la sangre se le volvió a repartir por todo el cuerpo. Le explicó su relación con el padre de Antonio y que no solía ir asustando a la gente.

Paula lo miró sin decir nada. El chico de los perros. El chico con el que dio un paseo. El miedoso. Ahí estaba, sentado junto a ella en una fiesta a la que no le apetecía acudir y ahora deseaba que durara el tiempo suficiente para saber más de él.

— ¿Quieres que me tire y busque ese reloj? ¿Es valioso? —preguntó Peter sin intención de meterse en el agua.

— No sé si es valioso, se le cayó a alguien por la calle y lo tengo desde hace semanas, es un reloj de bolsillo bastante bonito.

Él estuvo a punto de decir que tenía uno. Pero calló. Tenía ganas de abrazarla. De decir en voz alta que era estúpido y que le perdonara por no haberla buscado.

El reloj...Su padre lo compró en una tienda de segunda mano, pero le gustaba contar que había pertenecido a un antepasado y que le rodeaba una historia de intrigas, guerras, pérdidas a lo largo de los años y decenas de anécdotas que variaban de escenario y extensión, según lo aburrido que estuviera.

Durante unos minutos se miraron. Como en una de esas escenas que tanto le hacían reír de las novelas que veía su madre. Sólo les faltó decir en voz alta qué estaba pasando por sus cabezas.

— Me da miedo el amor. Me dan miedo las mujeres. Sobre todo, las que tienen el pelo azul y escriben novelas románticas.

Paula lo miró y sintió que todo lo que había sucedido aquel verano tenía una razón y estaba sentada a su lado. Le puso la mano en una de sus mejillas y le dio un beso lento, como si con él pudiera detener ese instante.

Pero la magia duró menos de lo que hubieran deseado. Marta apareció de la nada y con las manos sobre su tripa les dijo con ternura burlona que los demás habían llegado y que alguien preguntaba por ella. Y eso último lo acompañó de un guiño.

Cuando entraron en la casa la sonrisa que acompañaba a Paula se desvaneció en una milésima de segundo. En tan poco tiempo tuvo la oportunidad de ver a Rosa con Lolo y a Carlos hablando con Antonio.

Fue tal la impresión que perdió el equilibrio y tropezó con Peter. Éste la sujetó de la mano. ¿Iba a arder Troya o tropezaría con todos los muebles de la casa?

Ni una cosa ni la otra. Como buena escritora, las mejores frases se le ocurrían cuando no estaba frente al teclado y sí en el metro o en la ducha. En ese momento sintió lo mismo que cuando estaba frente al folio en blanco.

Entornó los ojos para ver mejor a Carlos. Y sí, era él. Se había tele transportado desde Chile. No era un holograma.
Y sí, su ex, su peluche, su particular Ed tenía cogida por la cintura a su amiga y jefa. ¿Cómo iba a afrontar aquello? ¿Cómo un personaje de Jane Austen o de Agatha Christie?

La música no había dejado de sonar, pero para ella sí. Como si hubiera ascendido del fondo del mar, dejó de sentir que todo iba a cámara lenta y su visión era nítida al igual que su oído.

Poseía por una mujer de la época victoriana, estiró el cuello y se acercó con la mejor de las sonrisas a Lolo, le dio dos besos y a Rosa también. Ambos estaban tan incómodos que tragaron saliva y murmuraron algo que no llegó a oír porque se encaminó al sofá donde se encontraban ya de pie, Antonio y Carlos.

El marido fiel, junto al ex pervertido formaban una pareja insólita en ese momento. Pero igual de estirada, y de tranquila le espetó un beso en la mejilla a Carlos. Tampoco él tuvo la ocasión de decir nada.

Paula dio la vuelta y se dirigió al jardín. Esta vez no se tambaleó y con paso firme caminó hacia la piscina. Marta, que la conocía desde siempre sabía que aquello no acabaría bien.

Su barriga y ella la siguieron, los demás prefirieron quedarse dentro.

No tuvo tiempo ni de decir "no lo hagas".

Vestida y sin dudarlo se tiró a la piscina.

Volvió a sentir esa sensación de irrealidad bajo el agua, llegó hasta la otra punta buceando y cuando sacó la cabeza, sus ojos más verdes que nunca miraron su mano: había cogido el reloj y se disponía a marcharse a casa.

Era lo único que le parecía sensato en ese momento. Rescatar el reloj y huir. Definitivamente, podría escribir no un libro sino una saga, pero de comedia anti romántica.

Peter observó la escena desde la puerta y creyó que lo mejor era dejarla marchar. No entendía muy bien qué había sucedido, pero esos dos a los que había besado sólo podían ser sapos. Y él sabía cuándo una persona necesita estar sola.

Así terminó la fiesta porque nadie tuvo ganas de continuar. Sólo la música parecía ambientar al grupo que quedó en silencio y donde la voz de Marta rompió la escena:

– Las sorpresas de este tipo sólo alegran al que la da – y miró con dureza a los tres causantes de aquel desastre.

MÍMAME BIEN

Cuando era pequeña sentir la mano de su madre en el pelo significaba protección. Como un cachorro se hacía un ovillo sobre las piernas y un examen suspendido, una ruptura amorosa en el instituto o cualquier desastre, se esfumaba.

Nunca le contaba nada. Pero cuando ella veía que en sus ojos se dibujaba la tristeza la invitaba con una mueca a que se acurrucara en su regazo. Las madres y esa manía de leer nuestros pensamientos.

Aquel día, con la ropa aún húmeda y los ojos hinchados de llorar y de maldecir por dentro, fueron suficiente. Años después, Paula se convirtió de nuevo en niña y se alegró de que su madre estuviera allí para consolarla.

Raúl se unió a la terapia y se sentó a sus pies.
Su cabello se deslizaba entre los dedos y la mujer miró al techo apretando los labios: "Ese perfecto yerno..."

Estuvieron así durante media hora. Y al terminar, ambas se fueron a dormir sin cenar y sin preguntar.

Amaneció lloviendo y Paula se escondió bajo la sábana cuando sonó el despertador. Se incorporaba al trabajo. Podría alegar que Rosa le había traicionado, dejado en ridículo y que no iba a su puesto por no hacer una pintada que pusiera: AQUÍ HABITA UN SER MALVADO, HUYAN CON SUS MASCOTAS.

¿Y ese loco de Carlos? ¿Qué hacía allí? ¿Cómo había osado cruzar un océano justo cuando empezaba a sentir algo por un ser humano de carne y hueso?

¿Escribir una novela romántica? ¡Una de terror amoroso! Esa es la que podría teclear al contar su propia vida.

Era tarde y ella cumplidora. Aunque no tenía preparado ningún discurso, sintió que ya no era una niña y que al menos, debía afrontar que Lolo y Rosa estuvieran juntos, con dignidad y templanza. Esta vez no se tiraría a ninguna piscina. Pero no podía evitar sentir celos, rabia y un enfado casi ridículo.

Pensó en Peter y el corazón dio una voltereta y un triple salto mortal. Quería volver a verlo. Pero esos tres lo habían estropeado todo.

Al entrar en la cocina encontró un desayuno de película en la mesa. Raúl, en su esquina favorita devoraba su comida. Cogió una nota bajo la caja de avena.

"Me voy a dar un paseo. Siento no haberte avisado, Carlos estuvo aquí. Te quiero"

— Mamá, mamá... —tú no tienes la culpa, dijo mientras agarraba un vaso de zumo de naranja.

Aquella mañana optó por el negro, cómo no. Una cazadora vaquera y zapatillas grises. Rojo en los labios, por supuesto, pero el que tenía un punto gótico.

En el trayecto las 'ranas' croaron, pero no sintió curiosidad. A cada paso, el enfado, la tristeza y la rabia iban desapareciendo.

La racionalidad es lo que tiene, te limpia cual parabrisas la mente. Y despeja el cerebro de ideas propias de un pésimo guión. ¿Qué tenía ella con Lolo? Sexo y una historia común. Una historia que formaba parte del pasado. ¿Acaso no eran amigos? Sintió que era una niña caprichosa que no quería compartir sus juguetes, solo que Lolo no era de su propiedad y sí su mejor amigo.

Al llegar a un semáforo en rojo sacó un espejo del bolso y no le gustó lo que vio.

Era la cara de una adulta que pensaba que le habían roto el corazón, cuando lo que habían herido era su orgullo.

Antes de empezar a flagelarse en público, fue interrumpida por una llamada, era Carlos.

Vio la hora y decidió que ya era hora de mantener una conversación seria, la primera en muchos años.

— Hola...—y no dijo nada más.

— Quería darte una sorpresa Paula. Lo siento mucho.

Los dos callaron.

— No sabía que tenías pareja. No sabía... Soy idiota, no sé nada.

Decidió no desmentir el error y suspiró.

— ¿Para qué has venido? ¿Cómo sabías que...? ¿Y tu mujer...? —Era imposible terminar una pregunta.

— ¿Quieres que hablemos? — le pidió Carlos en ese tono que tanto le desquiciaba/atraía.

— Sí. No tengo claro que estés aquí de verdad. —Y Paula comenzó a caminar.

Carlos le dio una dirección. La esperaba en una cafetería.

Si un ex aparece en tu vida después de cuatro años, durante los cuales has protagonizado junto a él escenas que dejarían mudo a Henry Miller, lo normal es verlo. Dejar las cosas claras, meterle en el bolsillo el billete de vuelta a casa y darle un abrazo. Sin perder la compostura ni la ropa.

Cada vez menos triste, envió un mensaje a Rosa.

"Voy a llegar tarde. Perdona, pero tengo algo urgente que resolver. Un imprevisto."

Cuando Rosa lo leyó se sintió aliviada porque sabía que ella no era el problema más grave para Paula.

Hacía calor y se deshizo de la cazadora. Su piel blanca, casi pálida resaltaba entre el resto de los viandantes. La cafetería estaba en el centro de la ciudad.

Sabía que era un error verlo. Que no era lo mismo "perdonar" a un ex cuyo héroe es Doraemon porque implica a una persona dulce. Carlos era ese lado oscuro que todas tenemos.

Ese tipo de fantasías y de comportamientos que en ocasiones reprobamos pero que, a solas, o en confianza: confesamos que nos gusta y mucho.

Ya había averiguado que la cafetería estaba en un hotel. Debía hablar con él, porque sentía curiosidad y porque le atraía la idea, pero, qué difícil es seguir las reglas y cumplirlas.

Cómo había odiado a ese tipo de conocidas que contaban entre risas que se lo habían montado con un tipo casado. Creían presumir. Que así demostraban que podían ser igual que 'ellos'. ¿Qué ellos?

¿Los que llevan una doble vida en secreto? ¡Guau, si eso era avanzar, prefería quedarse encerrada en una película de la Hepburn!

Y ahí estaba. Excitada y nerviosa a partes iguales. Recordando cómo conoció a Carlos, cómo lo echó de menos cuando rompieron. A la vez, le venían a la mente sus labios. Su forma de besar.
Cómo le acariciaba la cara. Esa manera de mirarla tan pícara con su media sonrisa. Y sus abrazos, cuánto había echado de menos sentir que la podía rodear en un instante y sentirse feliz durante días.

Mientras tanto, Carlos no se sentía bien en su piel. Y tampoco en su traje. Ni mucho menos esperaba que la reacción de Paula fuera lanzarse al agua como si hubiera visto un fantasma.

En la breve conversación que mantuvo con Antonio, supo que allí estaba su ex, el real, pero sabía que el causante de aquella insólita reacción era él.

Tomó un sorbo de café y miró a su alrededor. Pensó que estaba cumpliendo todos los clichés que siempre le había achacado Paula.

La esperaba en un hotel, no podía dejar de pensar en subir a su habitación, y a la vez, recordaba a su mujer. Ahora que les separaban miles de kilómetros. No sabía si era un cretino, un pervertido o simplemente un hombre asustado. Podía esperar cualquier cosa de Pau.

A veces, los malos no son tan pérfidos ni los buenos unos santos. Él representaba los dos papeles y en ese instante podía romper a llorar o besarla en cuanto la viera.

Cuando el autobús llegó a la calle donde se encontraba el hotel, Paula sacó de nuevo el espejo. Pero en esta ocasión algo cayó al suelo: el reloj de bolsillo, cómo no.

Se agachó para recogerlo y pudo leer una diminuta inscripción en la que no había reparado. Le dio por reír. ¿Esto es lo que pasa siempre en las comedias románticas? ¿Ahora voy a ver la luz?

Pero la frase sólo decía: "Tiempo de pensar". ¿Y acaso no llevaba desde que se había levantado aquel día pensando? Lo metió en su sitio y tomó una larga inspiración. Cuando soltó el airé ya estaba dentro.

Miró despacio, giró sobre sus pies y ahí estaba. De espaldas a la puerta. Y sin pensarlo, se aproximó sin hacer ruido y le tocó el pelo sin rozar su cabeza, como si fuera una maestra de reiki.

Pero él debió oler su perfume o notar su presencia porque se levantó y la miró.

— Hola, pervertido.
— Hola, Paula.

Se dieron unos minutos para observarse. Para qué hablar. Él la miró despacio. Se recreó en su cabello, en sus ojos, en esos hombros que le recordaban a una poderosa nadadora. En los labios, siempre ¿rojos? Su pecho. Esa figura que encajaba a la perfección entre sus manos desde que la vio la primera vez. Y una pequeña risa se le escapó al ver sus zapatillas. Se había convertido en una de esas actrices que tanto admiraba. La clase se tiene o no. Y ella olía a glamour, a ternura y a sensualidad. Qué ganas de besarla de arriba abajo.

Ella sólo pudo pensar: "Está igual. Abrázame. No, no me abraces que me acostumbraré. Y te irás en dos horas, seguro. Por qué no te quedaste. Eres superficial. Yo no soy superficial. Haría el amor contigo en este sofá y no me daría ni cuenta de que estamos en medio de la gente. Te odio."

Podrían haberse dicho mil cosas. Lanzarse reproches. Hablar de tiempos pasados. Fingir que bebían café como cualquier cliente. Incluso reír por la reacción de ella al verlo.

Pero, como en las novelas románticas que tanto detestaba, tras aquella mirada sostenida, él le ofreció una mano y ella la tomó. Se dirigieron al ascensor sin mediar palabra y una vez dentro se besaron.

En el primer piso comenzaron un beso dulce, acompañado de besos pequeños en el cuello. En el segundo piso, las manos de Carlos sujetaban el rostro de Paula y era besado cada centímetro.

En el tercer piso, ella mordisqueó su oreja y él creyó que se derretiría. Al llegar al cuarto, el ascensor se detuvo y ellos también.

Pero cuando él abrió la puerta de su habitación, bastaron unos segundos para que Paula sintiera que deseaba hablar y no hacer el amor. Deseaba algo diferente. Como cuando alguien te salva de morir entre un montón de cajas en un pasillo.

Tumbados en la cama, se abrazaron y ella le susurró algunas cosas que deseaba decirle a la cara. La excitación se transformó en ternura y él no dejó de acariciarle las manos, los brazos, sus labios...

— He roto la magia — dijo Carlos con su sonrisa, aquella sonrisa...

— En la imaginación todo es más fácil, no hay gente, no hay miradas, no hay terceras personas...

Carlos carraspeó y evitó contarle cómo era su relación. No quería repetir el mismo discurso que muchos hombres habían usado tantas veces.

— ¿Sabes que he venido en tres ocasiones y jamás te he llamado?

Ella lo miró y asintió.

— ¿Crees que volveremos a hablar por Internet? — Le preguntó ella un poco seria.

Él retiró el brazo de sus hombros y lo pasó por la frente, como si frotara una lámpara mágica.

— ¿Aquí no hay piscina, ¿verdad? —y se echó a reír. — Es lo mejor de la semana, te doy mi palabra. Da igual que me cuentes lo que has desayunado o si tu gato te ha dado un arañazo.

— ¿Y cuando me quito el albornoz no te gusta?

— Ya sabes la respuesta. Pero, aunque no me creas, me gusta todo. Y espero poder leer tu libro. Ese que va sobre el romanticismo pero que no es romántico. Soy un capullo. Tal vez tú también un poco, pero no me eches de tu vida. Ya ves, estamos aquí como dos adolescentes.

Y a Paula le sonó tan sincero, que le abrazó fuerte, como si no hubieran pasado los años. Pero no sintió que su corazón se inmutara. Él era el pasado. Como las películas. Como la música que le gustaba. Y Peter no. Él era un libro que huele a nuevo.

HABLEMOS DEL AMOR

Cuando Rosa vio entrar a Paula, no hizo falta más que un abrazo para que entre amigas quedara todo dicho. Le contó por encima su encuentro con Carlos y salió corriendo, eso sí, gritando un: "no me despidas" que hizo que las últimas clientas rieran.

Se dirigió a casa y cuando se disponía a darle el mayor de los abrazos a su madre, fue su padre quien le abrió. Y por alguna mágica razón, sonreía. Raphael sonaba a todo volumen y su madre le indicó que pasara.

Parece que lo de deshacer kilómetros se había puesto de moda. ¿Era necesario quedarse y escuchar lo evidente? Se dio una ducha, escogió un vestido de topos diminutos, y al pasar delante de Jane Austen, no sólo le hizo una reverencia, le dio las gracias.
Raúl la miró extrañado y pudo ver cómo su esclava se iba dando saltos. No quiso llamar a Marta, literalmente fue corriendo hasta su casa. Pero allí no había nadie.

Con los brazos en jarras quedó inmóvil un momento, el justo y necesario para caer en la cuenta de que quizás estaban en un lugar más apropiado.

Los padres de Marta se lo confirmaron: ¡En el hospital! Esta vez cogió un taxi. Y por el camino envió un mensaje a Peter.

"Me gustaría verte. Si quieres. No suelo tirarme a la piscina cuando tengo un problema"

Cuando llegó, en la sala de espera vio a Antonio, que como buen padre estaba nervioso y feliz. Se abrazaron y entonces lo vio.
Ahí estaba el chico de los perros. El desconocido que parecía conocer. El del flechazo.

Al verla se puso rojo, pero sonrió porque tenía el móvil en la mano.

Se acercó hasta ella y cuando le iba a explicar su presencia allí, ella le cerró los labios con un beso que muchas comedias románticas hubieran querido recoger.

Cuando terminaron él le dijo sin saber por qué:

— Mi padre me regaló un reloj de bolsillo y llevo semanas buscándolo.

Y ella riendo, lo sacó del bolso para dárselo, el chico que casi la hizo caer, la sostenía entre sus brazos, y esperaba y deseaba que por mucho tiempo.

— Ya hablaremos de lo que quieras, tenemos todo el tiempo del mundo —y volvió a besarlo mientras en su cabeza oía a Raphael.

ACERCA DE LA AUTORA

Me llamo Juana, pero firmo como Joana, por dos razones: según un profesor sonaba mejor y una profesora en el instituto comenzó a llamarme así en clase de Literatura catalana y lo adopté. Nací en Alicante, pero podría ser alemana porque mi padre trabajó allí.

Siempre me ha gustado el humor negro y absurdo. Me gusta Woody Allen, Los hermanos Marx, Juan Carlos Ortega y mi periodista favorito era José María Íñigo.

Creo que la radio le da cien vueltas a la televisión y formó parte de mi terapia en mi época de ermitaña.

Soy redactora. Estudié Publicidad y Relaciones Públicas sin vocación alguna, pero siempre digo que estaba bajo los efectos de una felicidad absoluta.

Escribo para otros, pero admito ser plenamente feliz cuando plasmo historias que tienen que ver con mi entorno. Tengo un blog llamado AntesDeAhora y en él se encuentra parte de mi trabajo a lo largo de estos años.

La primera vez que monté en avión delante mía iba una monja así que pensé que aquello no se podía caer. Recuerdo que ese día escribí en el aire por vez primera y llené toda una libreta mientras me asomaba por la ventana para fotografiar el cielo.

Llevo toda la vida oyendo a mis profesores y conocidos decir: "Escribes muy bien", pero hasta ahora nadie fuera de ese círculo se ha fijado en mí.

Si te ha gustado ¿Algún romántico en la sala? Te pido un favor: Hazte con una fotografía con él, y compártela en Instagram, etiquétame y que todo el mundo sepa que mi primera novela romántica te ha gustado. Me harás infinitamente feliz. Gracias.

Libros publicados

—<u>Soy tímido pero a Churchill pongo por testigo de que hablaré en público</u>. Manual para ayudar a hablar en público. Contiene consejos y ejercicios prácticos para preparar un discurso o una conferencia. Desde la estructura del mensaje, hasta cómo relajarse antes de hablar delante de los demás sin morir en el intento. (2012) Amazon.

—<u>Un vaso de leche, por favor</u>. Es una recopilación de diversos artículos escritos en blogs, revistas y en el periódico de la universidad. Todos tienen un corte humorístico y son un homenaje a Berlanga por su tono costumbrista. (2012)

—<u>Diario de una redactora peculiar.</u> Es un homenaje a su padre, donde recorre su infancia, adolescencia y lo que se considera hoy día madurez, para explicar su pasión por la lectura y la escritura. En el proceso tanto a nivel personal como profesional, se cuelan personajes reales que parecen de ficción.

—Agorafóbica perdida. Su autobiografía. ¿Por qué no puede una reírse sobre un problema que la retuvo en casa durante cuatro años? Huyendo de la estructura de un manual de autoayuda, nos lleva de la mano (entre ataque de pánico y falta de aire) por la década de los 80, los 90 y nos presenta múltiples anécdotas que te pueden ocurrir incluso si tienes tentaciones de correr como Forrest Gump. (2019)

Si deseas ponerte en contacto con ella, búscala en Twitter o Instagram, también en su página web, te responderá, siempre lo hace.

www.juanasanchezgonzalez.com

Printed in Great Britain
by Amazon

71486228R00078